El hilo azul

El hilo azul

GUSTAVO MARTÍN GARZO

AGUILAR

Ediciones El País, S. A.
Torrelaguna, 60. 28043 Madrid
Teléfono 91 744 90 60
Telefax 91 744 90 93

• Aguilar, Altea, Taurus, Alfaguara, S. A.
Beazley 3860. 1437 Buenos Aires
• Aguilar, Altea, Taurus, Alfaguara, S. A. de C. V.
Avda. Universidad, 767, Col. del Valle,
México, D.F. C. P. 03100
• Ediciones Santillana, S. A.
Calle 80 Nº 10-23
Bogotá, Colombia

Diseño de cubierta: Estudio 40
Ilustración de cubierta: © Madrid, VEGAP, 2001.
Tamara de Lempicka, *La sabiduría*.

1ª edición: septiembre de 2001

ISBN: 84-03-09257-1
Depósito legal: M-38.947-2001
Impreso en España por Anzos, S. L.
Printed in Spain

A Esher Tusquets

Índice

El bailarín del sombrero de oro

Estos artículos fueron escritos a lo largo de los últimos diez años, y se publicaron, casi en su totalidad, en los periódicos *ABC* y *El País* (en las páginas dirigidas por Blanca Berasátegui y Joaquín Estefanía). Diez años es mucho tiempo y si lo declaro no es para presumir de un rigor del que carezco. Creo que alardear del esfuerzo que lleva escribir un libro es como sentar a alguien a nuestra mesa y cometer la indelicadeza de confesarle lo cara que ha resultado la cena. Un acto de mala educación. Si hablo de ello es para dejar claro que no doy mucho más de sí. A veces me han pedido textos más graves, o más extensos, y casi siempre he eludido afrontarlos, sabedor de que fracasaría. Tengo un pensamiento más bien disperso, y mis lecturas han sido siempre desorganizadas y azarosas. Además, para mi desgracia, apenas me acuerdo de lo que leo. Sé reconocer al instante los libros que me importan, pero será precisamente en esos casos cuando más costoso me resulte hablar de ellos, tal vez porque, como dejó dicho el último Barthes, nada es más difícil que hablar de lo que amamos. Como nunca me he sentido un profesional de la literatura, me temo que cuando me pongo a hablar de un libro apenas sé hacer otra cosa que contar lo que fue de mí mientras lo estuve leyendo. A veces me he preguntado por qué algunos libros me afectan de una forma tan devastadora, y por qué otros pasan por mi vida sin apenas alterarla, pero tampoco en esto he llegado a ninguna conclusión. No sabría explicar por qué, por ejemplo, la lectura de los libros de Goethe apenas ha supuesto nada esencial en mi vida, mientras que me basta con leer una página de Isak Dinesen, o de Katherine Mansfield, para que el mundo entero me parezca echarse a arder a mi alrededor.

Supongo que cuando escribo me pasa lo mismo. Soy lento escribiendo, y cada una de mis libros me parece lleno de defectos. De hecho, no soporto volver a leerlos, y, después de publicados, no he vuelto a abrirlos jamás. A pesar de todo, no suele ser eso, cómo están escritos, lo que más me preocupa, sino desde dónde lo hice. Creo que esa pregunta por el lugar desde el que se escribe es la pregunta esencial de la literatura. En uno de los artículos de este libro relacioné ese lugar con los matorrales desde los que Acteón sorprende el baño de Diana en el bosque. No es un lugar de seguridad sino de incertidumbre extrema. También de alegría. Un lugar deseable y temible a la vez. Y como es lógico, dotado de una rara comicidad, pues donde hay contradicción hay comicidad. Todas las novelas de Carson McCullers y de Truman Capote, están escritas desde lugares así; pero también lo está *El Quijote* y las poesías de Emily Dickinson y de Francisco Pino. Todo ellos son grandes escritores de la comicidad. No es que quieran hacernos reír, sino que a su pesar resultan graciosos. Porque sus vidas están hechas de adversarios.

Encontrar ese lugar desde el que las cosas se ven mejor es la búsqueda del escritor. En un breve apólogo jasídico, un rabí dijo: «En cada uno hay algo precioso que no existe en nadie más». La literatura nos enseña que no se debe menospreciar a ningún hombre, por insignificante que pueda parecernos; pero también a encontrar la manera de que eso precioso que guardamos no se llegue a perder. ¿Lo he logrado yo? No lo sé. En realidad todo lo que pasa me parece una broma. Que haya escrito libros, que se hayan publicado y que puedan encontrarse en los estantes de las librerías, junto a los últimos libros de J.M. Coetze, de John Berger, de Claudio Magris o de Juan Marsé. «¡Qué disparate!», me digo apartando los ojos. Pero, claro, como es un disparate debo reconocer que me causa un inmenso placer. Un placer, por otra parte muy literario, pues desde mi punto de vista la literatura pertenece al reino de los ilusos y de los desatinos. Hace años leí emocionado la obra de Gombrowicz. Una obra, como él mismo dice, «llena de ideales inmaduros, de mitos inferiores, de bellezas de segundo orden, de encantos de pacotilla, de seducciones perversas... ». Gombrowicz es sin duda un escritor brillante, que me descubrió muchas cosas, pero que hoy releo con incomodidad. Me parece demasiado consciente de lo que quiere. Prefiero a Kafka y su mundo lleno de hombres que adelgazan y de criaturas minúsculas, a Robert Walser y su conmovedor amor por los criados, a Novalis, que se enamoró locamente de una niña; a Kierkegaard, no por sus reflexiones sobre la angustia, ni por su defensa injustificable de Abrahám, uno de los personajes más odiosos de la literatura universal, sino por sus desatinos maravillosos sobre las mujeres. Como cuando dice que con la mujer entró la broma en el mundo. O a Walter Benjamin y a su pequeño jorobado. Habla de él en el último capítulo de su libro *Infancia y Berlín*, y puede que esas sean las páginas más hermosas que he leído jamás sobre lo que es el misterio de la creación.

Un personaje delicado y perverso que nos asalta inesperadamente cuando bajamos a la bodega, que nos cambia las cosas de lugar, que todo lo trastoca, sin que nunca sepamos cuáles son sus intenciones. Y al que sin embargo hay que seguir rezando para que aparezca, aunque no podamos saber si viene a reírse de nosotros o a salvarnos.

Por eso, cuando gracias a la ayuda gozosa de Ana Rosa Semprún, empezamos a hablar de la posibilidad de preparar este libro, yo pensé inmediatamente en una frase de Thomas Parke D'Invilliers que dice así: «Ponte el sombrero dorado, si eso ha de conmoverla; si eres capaz de saltar muy alto, hazlo también por ella, hasta que exclame: ¡Enamorado saltarín, enamorado del sombrero de oro, tendrás que ser mío!». Me hubiera gustado que fuera la cita del libro, pero Scott Fitzgerald se me había adelantado colocándola como preámbulo de su novela *El gran Gatsby*. Bueno, en realidad era allí donde la había leído. Creo que el bailarín de sombrero de oro es uno de los innumerables nombres del jorobado de Benjamin, y que escribir no es otra cosa que tratar de convocarle. Pero ¿por qué tendríamos que hacerlo? Eso es lo extraño, puede que venga a hacernos la vida imposible y, sin embargo, le seguimos llamando. Es lo que nos pasa con los niños, los animales, los seres del otro sexo, que nos empeñamos en llevarles a nuestra casa y, a partir de ese instante, todo son maravillosas catástrofes. No me pregunten por qué lo hacemos. En mi opinión hay dos tipos de personas, las que dejan fácilmente su infancia atrás y las que no pueden hacerlo nunca. El segundo grupo siempre anda detrás del dichoso jorobado berlinés. Rosa Chacel lo dijo de una forma memorable: escribir es el deseo de irse por los tejados.

Creo, en definitiva, que estas páginas no contienen nada perdurable. Aún más, que podrían perderse sin que nada importante se fuera a echar de menos. ¿Que por qué me decido a publicarlas? Tiene que ver con el sentimiento, puede que un poco delirante, de que en los años en que estuve escribiéndolas el bailarín del sombrero de oro se pasaba a menudo por casa. Reconozco que todo lo que he escrito ha sido sólo para sentir su taconeo por el pasillo.

LA CALLE DEL PARAÍSO

El caballero de los brezos

Acabo de aprender a leer. Tengo unos seis años y entro en casa buscando a mi madre. Las habitaciones están en penumbra, pues suelen mantener entornadas las contraventanas para protegerlas del sol. Estamos en pleno verano y el calor es intenso. Vengo sudando y noto el cambio de esa temperatura exterior con la que reina en la casa. También el silencio, profundo, misterioso, como animado por una respiración imperceptible. Encuentro a mi madre en la cocina. Sola, tan abstraída en la lectura que no repara en mí. Parece en medio de un círculo encantado, y me detengo a mirarla. Sus manos inmóviles junto al libro abierto, su rostro levemente inclinado hacia las páginas, su intensa y decidida concentración. Me acerco hasta tocar la mesa, y ella por fin levanta la cara para mirarme. Tiene los ojos llenos de luz, y en sus mejillas hay un leve rubor. Me mira con vehemencia al tiempo que resopla y sacude su mano, como si dijera: «vaya barbaridad». Le pregunto qué esta leyendo y me dice que una novela, *El caballero de los brezos*. Una novela de amores desgraciados. Esas son sus palabras, «amores desgraciados», pero en su rostro hay una decidida expresión de felicidad, como si me ocultara algo, algo que no quiere o que no puede decirme porque, al fin y al cabo, sólo soy su hijo, es decir un niño pequeño que no puede entender el corazón de una mujer, las alucinaciones de sus horas solitarias y amargas. «Escucha», me dice de pronto, y volviendo de nuevo su mirada a las páginas del libro me lee un pequeño fragmento: «Ahora, a la claridad de las llamas, yo podía distinguir por completo su figura. Era muy esbelta, y al parecer apenas había salido de la adolescencia. Estaba admirablemente formada y poseía la más linda carita que yo hubiera contemplado jamás. Tenía las facciones menudas, la tez muy blanca, dorados bucles que pendían sobre su delicada garganta, y unos ojos que hubieran sido irresistibles de haber ofrecido una expresión agradable».

Estas líneas en realidad pertenecen a *Cumbres borrascosas*, la novela de Emily Brontë, de la que según me daría cuenta luego *El caballero de los brezos* (cuyo argumento le haría contar a mi madre infinidad de veces) tomaba demasiadas cosas. Tomaba la intensa relación de los protagonistas ya desde la infancia, la presencia del viento y el páramo, el ambiente demoníaco, y el clima de exaltación, y hondo embeleso, de locura y oscuridad que traspasaba toda la historia, una de las más arrebatadas, hermosas e intensas que he leído jamás. Supongo que ambas novelas se podrían haber confundido en sus manos, como lo habrían podido hacer en las de tantas mujeres jóvenes de entonces, para las que este tipo de lecturas —las de esas novelas que se han dado en llamar «románticas»— poseían el carácter de una patética introducción en los secretos más hondos de sus vidas.

Todavía hoy, cuando entro en las librerías, me detengo a menudo en los estantes donde tales novelas están expuestas. Leo sus títulos, y veo sus portadas, sensuales, arrebatadas, donde hombres misteriosos abrazan los cuerpos frágiles, escotados, de muchachas temblorosas, siempre a punto a punto de entregarse a ellos. Y vuelvo a ver a mi madre cuando, aprovechando un rato libre, las leía a solas en cualquier rincón de la casa. A mi madre joven, absorta en aquellas novelas, que habrían de abrirla a los secretos más recónditos de unas existencias arrebatadas, y su expresión de distancia y leve fastidio cuando por alguna razón la interrumpíamos. Recuerdo que en esos instantes hacía un gesto muy suyo de mover la cabeza arriba y abajo. Era como cuando se tiraba a la piscina y, después de permanecer bajo el agua un tiempo interminable, emergía a su superficie, con aquellos ojos de alucinación y asombro. Estiraba todo lo que podía su cuello, y moviendo la cabeza, sobre la que su pelo negrísimo formaba un casco perfecto, nos buscaba ansiosa con la mirada. «Se está mejor allí abajo», parecía decirnos entonces con ese cabeceo purificador.

Me recuerdo ahora contemplando aquel libro sobre la mesa. Mi madre no está y tomándolo con rapidez lo oculto bajo mi camisa. Corro con él escondido, mientras el corazón late atropelladamente en mi pecho, hasta un pequeño cuarto que hay bajo las escaleras. Llevo una linterna y trato de leer el libro bajo el haz de su luz. La operación resulta un fracaso. Leo las palabras, las frases, dejo atrás con trabajo varias de sus páginas, pero no consigo abrirme a ese misterio, el de su lectura arrebatada y profunda. Alguien sube por las escaleras y sus pisadas resuenan de tal forma que abandono a toda prisa tanto mi lectura como mi escondite. No es la única vez que lo intento. Me recuerdo haciendo lo mismo otras veces. Tomando a escondidas los libros de mi madre y tratando de sorprender en mí mismo la misma emoción que la veo experimentar a ella cuando los lee. Siempre fracaso. Busco esa emoción, el sentimiento de estar traspasando una frontera, pero no lo consigo. Es lo mismo que me pasa cuando, siendo aún más pequeño, la veo bucear. A solas en la piscina, trato luego de hacer lo que ella. Meter la cabeza, y acceder a ese instante en que el ahogo, la asfixia, da paso a otra forma de vida, al nacimiento de una facultad nueva que me permitirá permanecer bajo el agua, como hacen los peces, pero apenas logro otra cosa que salir congestionado, con el pecho ardiéndome de desesperación y dolor.

Tienen que pasar varios años para que esa facultad nueva, que cambiará por completo el sentido de mi vida, se desarrolle. De hecho soy un lector tardío, y hasta los 15 ó 16 años no empiezo a leer de verdad. Es entonces cuando cae en mis manos una novela de Salgari, *El capitán Tormenta*. No es, obviamente, el primer libro que leo, pero sí el primero que me deslumbra, que hace surgir a mi alrededor ese círculo de tiza de la adivinación y el pensamiento en que tantas veces vi detenida a mi madre. La novela narraba las aventuras de un capitán cristiano en sus luchas contra los moros, probablemente durante el tiempo de una de las cruzadas. Pero ese libro vibrante, poseído como todos los de Salgari de una irrefrenable fuerza poética, contenía una sorpresa: aquel capitán valeroso era en realidad una muchacha. Creo que ese descubrimiento constituyó el primer instante de verdadera lectura a que tuve la fortuna de acceder. No de esa lectura mecánica, en la que llevados por el aburrimiento o la falta de otras cosas mejores, tomábamos un libro y pasábamos distraídos sus páginas, sino de la lectura que nos cambia para siempre, porque supone situarnos en ese camino «donde las cosas pueden ser», del que hablara Rosa Chacel. La lectura que se relaciona con el secreto y con el enigma, con el descubrimiento de otra ficción más honda en el corazón de la primera.

No hay literatura sin esa segunda historia. Aquella muchacha que, despojándose de la pesada armadura en la intimidad de su tienda, tenía que ocultar a las miradas de todos la realidad proscrita de su sexo, constituyó mi primer contacto con la materia del relato. Ahora comprendía lo que era leer, algo semejante a recibir un elixir. La historia, según la fórmula de Eudora Welty, se transformaba en una esencia, y esta en un elixir. Leer era obtener ese elixir, verse obligado a partir de él a componer una nueva historia, más decisiva que la primera, la única que merecía la pena. ¿Cuál era esa historia?

Recuerdo que más o menos en esa época vi una película que me cautivó, *La mujer pirata*, de Jacques Tourneur. Tiene una escena inolvidable. La muchacha pirata se ha enamorado de uno de sus prisioneros, que terminará traicionándola, y siente por primera vez el deseo de mostrarse ante él como la mujer que nunca se ha decidido a ser. Acaban de apresar un barco, y entre su botín hay hermosos vestidos, joyas y todo tipo de adornos, de los que emplean las grandes damas para asistir a sus fiestas. Se prueba a escondidas uno de esos vestidos. De color amarillo, escotado, cuyo vuelo desciende hasta la tierra como una nube de polen. Contempla esa imagen en el espejo, y se queda literalmente arrobada, porque acaba de descubrir en ella a esa otra que siempre había evitado ser, y que ahora reclama con ansiedad su lugar en el mundo. Esa otra que hará posible, más allá de todos los malentendidos, que pueda aproximarse al prisionero sin provocar su hostilidad o desdén. O dicho con otras palabras, mira arrobada esa imagen que le devuelve el espejo porque acaba de descubrir en ella ese cuerpo libre, sin ataduras, que es el cuerpo del amor. Ese es el verdadero tema de la película, como también es el tema de *El capitán Tormenta*, el de *Flecha negra*, de Stevenson, y el de esa novela inconmensurable que es *Gran sertao*: Veredas, del escritor brasileño Guimarâes Rosa, donde también una muchacha se ve obligada a ocultar su verdadera naturaleza para aproximarse al que ama. ¿Pero no es el tema esencial de todas las historias que existen? Elias Canetti dijo que el poeta era el guardián de las metamorfosis, y las metamorfosis siempre tienen que ver con la revelación de ese cuerpo imprevisible arrebatado por el deseo. Pensemos, por ejemplo, en *La metamorfosis* de Franz Kafka, donde la terrible transformación no hace sino ocultar el nacimiento de un cuerpo más libre, dueño de facultades y apetencias desconocidas, un cuerpo en que se guardan las promesas de una vida distinta, ajena a los sinsabores propios de un pobre oficinista.

Eso es para mí el verdadero misterio del mundo, que no se revelará tanto en el mundo del deseo como en el del amor. Ninguna historia lo cuenta mejor que la historia de Eros y Psique. Psique se encuentra con Eros en la oscuridad, donde tienen lugar sus raptos amorosos, y su felicidad sólo conoce el límite de no poder contemplarle, ni siquiera a la luz de una vela. Esa es la condición que Eros ha puesto para reunirse con ella cada noche. Exige la oscuridad completa y, por lo tanto, que cada uno ignore del otro todo cuanto no tenga que ver con ese reino de la pura interioridad que es la unión sexual. En el cuento se nos dice que son las hermanas de Psique, las que movidas por la envidia, y deseosas de que pierda ese bien tan preciado, la mueven a desafiar tal mandato, pero tenemos derecho a sospechar que se trata de una simple excusa. Algo que la propia Psique se inventa para justificar ese atrevimiento, el desafío insensato de una norma, precisamente cuando era más lo que parecía obtener por atenderla. ¿Por qué lo hace? Tal vez para que pueda haber una historia, porque la raíz de todo relato es siempre el desafío de una prohibición. Pero también, y sobre todo, porque Psique pertenece a una estirpe singular de personajes, de los que no les basta con la visión, el rapto, sino que quieren poner a prueba su valor en el mundo. De los que no se conforman con los sueños, sino que necesitan servirse de esa sustancia soñada como luz y alimento de lo que aman. Una estirpe de honda raigambre cervantina. Coleridge se trajo una rosa de uno de sus sueños, y esa conducta propia de todos los poetas, es también la de Psique. Por eso no le basta el abrazo en la oscuridad, la percepción del embeleso, sino que quiere también tener a Eros a la hora del desayuno. Ese es el significado profundo de su transgresión al encender la lámpara para contemplarle, el mismo que Meister Eckhart atribuye al místico, «prescindir del don».

Leer es ser como Psique, querer el veneno, pero también ese estado de desintoxicación del alma que nos permita verificar en la vida de cada día las altas gracias recibidas. La literatura no se confunde por eso con el mundo de los encuentros en la oscuridad, de la noches interminables y la fusión ardiente. Nace de esos encuentros, de ese tráfico secreto, pero no puede existir sin el gesto transgresor de encender una lámpara. Psique puede ser considerada por ese acto como la primera escritora. Eso es escribir, encender una lámpara en la oscuridad, hacerlo para contemplar en secreto el cuerpo amado que duerme. Esa contemplación es un rescate.

A Psique no le basta con el éxtasis, con la visión embelesada, sino que quiere ganar para el mundo, para la vida en su conjunto, lo que alcanzó a entrever en los instantes de su locura. Hay un viaje de ida, pero también de vuelta. Y de hecho donde deben de ponerse de verdad a prueba los libros es en el mundo que llamamos real. La lectura debe modificar ese mundo y participar en su renovada e inagotable construcción. ¿De qué manera? Para Eros el ser amado no es más que un pretexto ilusorio, una ocasión de inflamarse, hasta el punto de que no le importa desprenderse de él puesto que su fin es arder siempre más, arder hasta morir. La actitud de Psique es distinta. Ella busca el encuentro, la fusión, pero sobre todo el reconocimiento de la criatura en sí, el deseo de contemplarla tal como es, en la realidad de su desamparo y de su esperanza.

La historia de la literatura está llena de muchachas como Psique, muchachas que se internan en un terreno que desconocen, que lo hacen movidas no sólo por un deseo de pérdida y de exaltación, sino también de rescate. Eva, Pandora, la joven esposa de Barbazul, Jane Eyre, la institutriz de *Una vuelta de tuerca*, se enfrentan a una prohibición, que implica no traspasar cierto límite, y que ninguna respeta. Aún más su ser mismo, su misma naturaleza, no podría existir sin ese desafío, como si en última instancia lo femenino viniera a definirse por esa entrega activa, ese desafío que es a la vez ardor y vocación de acoger. Leer es buscar ese ardor, esa fusión ardiente, pero también asumir esa función de rescate. Eros y Ágape. Tal vez por eso las mujeres se mueven en el mundo de la literatura como pez en el agua. De hecho mi biblioteca ideal está llena de libros escritos por mujeres. Los nombres de sus autoras han llegado a ser tan importantes para mí que me doy cuenta de que no podría concebir un mundo en que no pudiera pronunciarlos. Emily Brontë, Emily Dickinson, Katherine Mansfield, Carson McCullers, Flannery O'Connor, e Isak Dinesen... En sus obras está resumida toda la literatura, y bastaría que en un hipotético incendio, que afectara a la vez a todos los libros que existen, se salvaran los suyos para que la literatura quedara salvada. En Flannery O'Connor, está Conrad, Shakespeare y Kafka; en Carson McCullers, Faulkner, Salinger y Homero; en Katherine Mansfield, Babel, Proust, Scott Fitzgerald y los terribles cuentos de hadas; en Emily Brontë, Stendhal y Rulfo; en Emily Dickinson, San Juan de la Cruz, Dante, Holan y Milosz; en Isak Dinesen, Cervantes, y *Las mil y una noches*.

Todo lo decisivo, las preguntas esenciales acerca del hombre y del mundo, del amor y la muerte, el destino y la fatalidad están en sus libros. En *Cumbres borrascosas* está la locura y la transfiguración; en los poemas de Emily Dickinson, el atrevimiento; en los cuentos de Katherine Mansfield, la intensidad; y en los de Flannery O'Connor, la deformidad y la culpa. En *La balada del café triste* se nos dice que nada puede salvarnos, ni siquiera el amor; y en *Lejos de África*, que los seres hermosos son demasiado fuertes para que se les pueda destruir.

He leído tantas veces sus libros, que he llegado a pensar en cada una de ellas como si hubieran sido mujeres que hubieran vivido a mi lado y hubiera podido conocer. Por amante habría elegido a Emily Brontë, por hermana a Emily Dickinson; y por amiga a Flannery O'Connor. La habría ido a visitar a su granja en Milledgeville, donde criaba pavos reales, y habría hablado con ella del horror y de la revelación. Con Katherine Mansfield me hubiera gustado tener una larga correspondencia, y con Carson McCullers regentar un café o un pequeño restaurante. A Isak Dinesen me habría conformado con escucharla hablar.

A todas ellas habría querido espiarlas en algún momento de sus vidas. A Emily Brontë en Haworth, en compañía de sus hermanas, cuando concebían aquellas obras nocturnas, demasiado secretas para ser escritas, que las hacían caer en tales arrebatos de júbilo que llegaban a despertar a su adusto padre con sus risas. A Emily Dickinson preparando aquellas tartas que luego enviaba a su vecinos con notitas tan divertidas como incomprensibles; a Flanery O'Connor rodeada de pavos reales; a Katherine Mansfield en Paris, en la época en que tuvo su fugaz romance con Francis Caro. A Carson McCullers y a Isak Dinesen en aquella cena incomparable que compartieron con Marilyn Monroe. Isak Dinesen estaba a punto de morir y, en el que sería su último viaje, le pidió a Carson McCullers que le consiguiera una cita con Marylin Monroe. Isak Dinesen, que apenas pesaba treinta kilos, y que era delgada y frágil como una copa de champán y Marilyn terminaron bailando sobre la mesa ante la mirada extasiada del resto de los comensales.

Sí, toda la literatura está contenida para mí en el puñado de libros escritos por estas mujeres excepcionales. Han cambiado mi vida, y estoy seguro de que me acompañarán hasta el final de mis días. Tienen además una rara cualidad. Siempre que los abro para leerlos me devuelven a esa escena inaugural. La escena en que veo a mi madre abstraída en la lectura, y a mí mismo contemplándola desde la puerta, tratando de adivinar sus pensamientos. Esos libros son entonces el que ella estaba leyendo. Todos los libros *El Caballero de los brezos*. Lo he tomado en secreto (de hecho durante un tiempo nada me gustó más que robar los libros que iba a leer) y vuelvo a estar escondido en el cuarto que había bajo las escaleras. Eso es leer para mí, estar escondido. Todos los libros son ese único libro, y yo me inclino sobre sus páginas tratando de adivinar los pensamientos de mi madre joven y hermosa.

Un cuento de Navidad

La tía Mari era una de las instituciones de la familia. Era hermana de mi padre, y se había quedado soltera no por carecer de pretendientes, que según decían fueron varios y de distinguida condición, sino por estricta vocación al celibato. De hecho, quiso hacerse monja, aunque no pudo resistir la dura disciplina del convento y a los pocos meses tuvo que abandonarlo por enfermedad. Sólo a medias, pues hasta el final de sus días siguió viviendo como una monja. Una monja, claro, con todos los votos menos el de la pobreza. Toda la vida le sirvió una mujer del pueblo llamada Pilar. Pilar era una mujeruca de escasa talla, rostro redondo y encendido y pelo canoso recogido en un sempiterno moño. Casi todos los días se pasaba por casa, pues a nosotros nos quería con locura. Era muy divertida y tenía un increíble talento verbal. Eran proverbiales, por ejemplo, sus motes. A una de las chicas que estaba sirviendo en casa le llamaba el *Orón*, por su cara redonda, perpleja, como un sol a punto de ponerse a rodar, tan parecida por tanto al as de oros de la baraja; a mi hermano Joaquín, *Penicilina*. En la familia hubo otros dos familiares, hermanos de mi padre, que se llamaron así, y ambos murieron de niños. Mi hermano rompió la aciaga racha, y creció sin grandes contratiempos.

Pilar lo atribuía a aquel descubrimiento —la penicilina— que había logrado impedir la muerte de tantos niños, devolviendo la alegría a las mujeres, pues en su opinión no había mayor desgracia para una mujer que ver morir a los niños que había traído al mundo.

Pero las visitas de Pilar, siempre tan celebradas por todos, lo eran aun más cuando venía con su hermana Juliana. Juliana era aún más pequeña que ella, de hecho casi una enana, y una singular fabuladora. Además, y era un detalle que nos subyugaba, en una de sus manos tenía seis dedos. Lo enseñaba orgullosa, la pequeña falange a la altura del pulgar, como si fuera la señal de su pertenencia a otra especie, a un pueblo distinto que se había visto obligado a sobrevivir mezclándose con el resto de los mortales. Y algo de esa secreta dignidad dimanaba de cada uno de sus gestos y de las historias que solía contarnos. Por ejemplo, la que se refería a las contrafiguras. Ésa era su expresión, y su teoría, tan extraña como inesperada, teniendo en cuenta que era casi analfabeta, era que cada uno de nosotros teníamos un doble, una contrafigura. La figura de un otro que, siendo igual que nosotros, nos complementaba, dejando el mundo preparado y conforme, porque el mundo, para no desbaratarse, debía mantener en equilibrio todas sus partes. Ambas figuras estaban secretamente relacionadas, y cada acción de una se prolongaba en la otra, donde adquiría al instante valores contrarios. De forma que si una era rica, la otra tenía que ser pobre; si ésta buena, aquélla mala. O, por ejemplo, si una perdía, una cosa, era su contrafigura quien la encontraba en el otro lugar.

De dónde pudo sacar una teoría así es algo que aún hoy no alcanzo a entender, pero aquellas hermanas tenían ese extraño don, el de hacer pasar por natural lo que no parecía posible. O tal vez, después de todo, existiera aquella otra dimensión de nosotros mismos. No sólo existiera, sino que Juliana y Pilar fueran capaces de mantener con ella frecuentes contactos. Y así, si en un lado eran casi analfabetas, en el otro eran sabias; si de esta parte apenas habían tenido contacto con otros alimentos que los más elementales, de la otra con los más refinados y sus combinaciones más sublimes, lo que había terminado por hacer de ellas unas magníficas cocineras. Porque ése era otro de sus enigmas, cómo habían podido aprender a cocinar en aquel medio de absoluta escasez del que provenían como se hacía en los restaurantes más caros. Por ejemplo, de dónde había sacado Pilar la receta de la merluza rellena, que en la comida de Navidad hacía las delicias de todos. Pero, a ver, Pilar, le preguntaba mi madre, ¿tú de dónde has sacado una receta así? A lo que ella se limitaba a sonreír.

Nosotros íbamos al colegio de San José, que era de los jesuitas. Era un colegio de pago, adonde iban los hijos de la burguesía local. Había en él una curiosa institución, el Grupo Escolar. Se trataba de una escuela para niños pobres, a los que, por supuesto, sólo se enseñaba lo más elemental. En el colegio se les conocía con el nombre de los gratuitos, y vivían y recibían clases aparte, en una de las zonas más secretas del colegio, al que entraban incluso por una puerta distinta a la nuestra, que era la puerta de verdad del colegio, la puerta por donde entraban los alevines de los poderosos. Recuerdo que a veces nos cruzábamos con ellos. Veíamos sus filas extrañas, fantasmales, y sus rostros como asustados, en la distancia. Ése era el único contacto, pues también los recreos eran a horas distintas de las nuestras, y no había por tanto posibilidad alguna de coincidir con ellos en ningún lugar. También que yo, a partir de aquella teoría de Juliana, daba en pensar una cosa. Que mi contrafigura, mi doble estaba tal vez allí. Y que uno de los niños del Grupo era como yo. Y todos los días iba al colegio como lo hacía yo mismo, sólo que entrando por una puerta distinta, y luego regresaba a su casa, donde le esperaba una madre como la mía, pues no podía concebir que la madre de ese niño no fuera a su vez sino una contrafigura de mi propia madre. Que sería como era ella, sólo que muy pobre, mal vestida y con las manos llenas de sabañones por toda la ropa que tendría que lavar con el agua helada.

Pues bien, en unas navidades sucedió un altercado. Alguien trajo unas cocadas riquísimas, de las que enseguida dimos cuenta en los postres. Uno de mis hermanos, más pausado que los demás, reservó parte de su ración y la llevó a su despensa privada (guardaba dulces en lugares escondidos como las ardillas guardan las nueces). Pero esa misma tarde su despensa apareció vacía. Se quejó a mi madre y ésta nos preguntó quién había sido. Nadie contestó, lo que hizo que se enfadara de verdad, pues nada la molestaba más que la dijéramos mentiras. Entonces, y en una intervención que me llenó de orgullo, se me ocurrió algo tan sencillo como arriesgado, según se revelaría luego. El ladrón no podía haberse comido todas las cocadas de una vez, y por lo tanto era previsible que antes de dar cuenta de ellas se las hubiera guardado en los bolsillos del pantalón, que sin duda debían conservar rastros del cuerpo del delito. La idea era digna de los mejores detectives, y mi madre nos hizo enseñar los bolsillos. En los de uno de mis hermanos aparecieron las migas delatoras, e inmediatamente fue castigado por mentir.

Todo habría quedado ahí si no fuera porque esa misma tarde eché en falta mi navaja. Era una navaja preciosa, con las cachas de nácar, que me había regalado mi padrino, y como es lógico culpé a mi hermano (debo decir, en su descargo, que él no tenía arte ni parte en el asunto y que la navaja aparecería semanas después entre los cojines de uno de los sillones). Pero él, en venganza por lo de las migas, aprovechó la situación para hacerme rabiar. Llegó a sacarme de quicio. Fingía que conocía el paradero de la navaja, y me provocaba una y otra vez dándome pistas falsas sobre cómo podía encontrarla. Al final de una de aquellas búsquedas, perdí por completo el control, llevando a cabo uno de esos gestos impulsivos cuyo recuerdo todavía hoy me hace palidecer. Tenía en mis manos unos alicates y se los arrojé con determinación homicida. Gracias a Dios, no llegué a darle, pero quedó la marca en la pared. Aquello fue un escándalo, y mi madre intervino en plan justiciero. Me tuve que ir a la cama. Estaba desconsolado, porque sabía que me había portado mal y temía que de tantos disgustos como la daba un día llegara a hartarse de mí. Pero, en medio de la noche, la sentí levantarse y entrar en mi cuarto. Me abracé a ella y le pedí perdón. Me dijo que aquello había estado muy mal. Es más, había sido un acto terrible, pues podía haber causado a mi hermano un gran daño. Pero podía verse de otra forma, añadió maravillándome. Y es que, gracias a mí, en otro lugar, al menos si la teoría de Juliana era cierta, un niño había sido el más bueno de la Tierra. Era una cuestión de equilibrio, y esa tarde era a mí a quien le había tocado ser el malo. O dicho de otra forma, para que ese niño pudiera haber hecho feliz a su madre en su mundo, yo había tenido que portarme mal en el mundo que conocíamos. Yo me la quedé mirando, tratando de seguir su razonamiento. ¿Y la navaja?, le pregunté, aún compungido por la pérdida. Mi madre me miró con ojos brillantes. Era como si tuviera respuesta para todo, para todos los misterios, para todas las tribulaciones. Como si pudiera curar todas las heridas sólo con posar en ellas la yema de su dedo. ¡Pero eso no importa!, exclamó. ¿No te acuerdas? Todo lo que perdemos alguien lo encuentra en el otro lugar.

Recuerdo que, cuando ella se fue, cerré los ojos. Estaba en el colegio. Me veía a mí mismo, pero no en mi clase, con los niños de siempre, los que tenían la posibilidad de pagar el colegio, los que antes o después serían los dueños de la ciudad, sino con los otros, los *gratuitos*, los que no tenían nada ni tendrían otro futuro que servir a los otros. Estaba en la fila con ellos, y yo era su igual. Mi propia contrafigura. Sonaba el timbre y salíamos en tropel a la calle. Yo corría hasta mi casa en busca de mi otra madre. Estaba en la cocina, y al verme en la puerta me miraba con el rostro transfigurado por la dicha. Mira lo que tengo para ti, me decía. Y después de buscar en su mandil me entregaba la navaja con las cachas de nácar. Y esa escena, la escena en que mi madre pobre ponía en mis manos la navaja recobrada en el otro lugar contenía toda la felicidad que al corazón del hombre le es dado albergar en la Tierra.

El tesoro

Siempre me he sentido atraído por los libros en que se cuentan historias de tesoros. Tesoros ocultos, a menudo durante siglos, que emergen a la luz trastornando a quienes tienen la fortuna, o la desgracia, de tropezar con ellos, cuya vida a partir de entonces ya no podrá discurrir por los mismos cauces por los que lo hacía. No es una obsesión extraña. Es más, creo que hay pocos hombres o mujeres que puedan permanecer insensibles a este tipo de historias, porque el anhelo de los tesoros forma parte del corazón humano, y porque tal vez no hay historia, si de verdad merece la pena, que no trate en el fondo del encuentro y de la pérdida de un tesoro. Esta obsesión tienen además, en mi caso, una incuestionable raíz biográfica. Es una herencia paterna. Todos los veranos de mi infancia los pasábamos en un pueblo situado en la zona más árida de la provincia de Valladolid, en el que mi abuelo había sido farmacéutico. En el reparto de la herencia a nosotros nos correspondió la casa del pueblo y, después de unas obras mínimas, nos empezamos a instalar en ella durante los meses veraniegos.

Mi padre era un hombre bondadoso e irónico, con no demasiado sentido práctico. Buen conversador, sus fantasías eran uno de los centros gravitatorios de la familia. Podían llegar a ser peligrosas. Casi nos arruina cuando montó una granja con el solo propósito de lograr una nueva raza de gallinas ponedoras, ante las que los logros de las otras parecieran un juego de aficionadas; y, a partir de un anuncio del *ABC* de entonces, estuvimos en un tris de inaugurar en el pueblo el primer criadero de chinchillas, al objeto de irrumpir con sus pieles en el mercado de los abrigos de señoras, proyecto que la rápida y contundente actuación de mi madre, ya escamada por el fracaso de la granja, abortó antes de ponerse en marcha. También llegamos a criar champiñones. Recuerdo la bodega repleta de grandes bloques de estiércol, y nuestras reiteradas visitas esperando el milagro de su florecimiento. No olvidaré los días en que por fin los pequeños sombreritos blancos empezaron a surgir del oscuro magma, tersos y limpios como flores venidas del espacio. Se sucedieron en una germinación que parecía no ir a detenerse nunca, y que en apenas unos días dio lugar a una cosecha impresionante, con la que llenamos docenas de cajas. Poco duró nuestra alegría. Mi padre no había previsto bien la comercialización de los champiñones, que tuvimos que malvender a toda prisa, como un capital de melancolía y dolor, cuando ya empezaban a mostrar los primeros signos de deterioro.

Una de esas fantasías tenía que ver con aquel tesoro perdido. En frente de nuestra casa había un caserón abandonado al que todos llamaban El Palacio. Todavía hoy, un bar que ocupa ese mismo espacio recibe ese nombre. Según parece había pertenecido a un noble de Castilla. Dicho noble había apoyado a un grupo insurgente haciendo intervenir a los ejércitos del Emperador. Tuvo que poner los pies en polvorosa, llevándose apenas lo puesto. Sin embargo, cuando sus perseguidores entraron en el palacio no hallaron en él ni los cucharones de madera. ¿A dónde fueron a parar las inmensas riquezas que habían hecho de él uno de los lugares más frecuentados y conocidos de la zona? Mi padre, sostenía que aún estaban allí, escondidas en algún pasadizo invisible. Y nos hablaba de ellas con una rara familiaridad, como si, a pesar de la lejanía en el tiempo, él mismo hubiera estado presente en los inciertos instantes en que las ocultaron antes de huir. Recuerdo las visitas a aquel lugar casi olvidado de todos, al que el paso del tiempo había transformado en una ruina. Las explicaciones de mi padre, situando el antiguo salón del palacio en aquel ámbito destartalado, que entonces era una lechería; y la contemplación de sus muros de adobe, con el sentimiento de que oculto en algún lugar, tal vez incluso allí mismo, donde apoyábamos la mano, estaba esperándonos el fastuoso tesoro.

También que un buen día mi padre empezó a hablar del detector de metales. Se presentó con un folleto de propaganda, en que se veía la silueta de un hombrecillo portando aquel aparato, semejante a una sartén con un mango tres veces superior al normal, y nos aseguró tan campante haberlo pedido por correo. Nuestra excitación, en los días siguientes, no conocía fin. Aguardábamos la llegada del cartero con el corazón en vilo, esperando verle aparecer con el largo paquete que haría posibles la localización del tesoro. Pero pasaron los días y el paquete no terminaba de llegar. Y un buen día mi padre empezó a hablar de la existencia de una prohibición, de una nueva ley que impedía la venta de tales aparatos, por los atropellos que sus usuarios habían cometido en el patrimonio arqueológico; y otro, por fin, que aquella tardanza debía de significar que habían rechazado el pedido. Dimos por zanjado el asunto, sin llegar a explicarnos del todo lo que pudo pasar. Tampoco lo he sabido después. Supongo que mi padre recapacitaría, dándose cuenta de que semejante compra era más comprometida de lo que podía suponer al principio, y cambiaría de opinión en el último momento. No me extraña, pues la idea de verse a sí mismo portando como el hombrecillo del anuncio, aquel insólito aparato por las salas desvencijadas del Palacio, ante los ojos expectantes del pueblo entero, debió de causarle más de un estremecimiento. Porque ¿y si finalmente no encontraba nada, si tenía que abandonar su proyecto después de horas, de días enteros de afanosa búsqueda? ¿Cómo habría podido, al regresar a casa, encarar la mirada de los curiosos sin provocar su hilaridad o su desdén? Hoy día me sigue bastando con evocar esa imagen insólita del hombrecillo del anuncio y su detector de metales para sentirme conmovido. Creo que cumple ante los ojos de su comunidad de descreídos la misma función que el poeta. Está solo, abandonado como él a la mudez y al ridículo. Obedece a una voz interior que nadie escucha. No sabe de dónde viene esa voz y desconoce, en definitiva, lo que puede decirle. Y probablemente está condenado al atenderla a no obtener sino un montón de chatarra.

De todas formas creo que es bueno vivir, o imaginar vivir, en la vecindad de un tesoro. Ayuda a ver detrás de las apariencias, a considerar el mundo como un lugar abierto, lleno de secretos que tenemos que penetrar. También a creer en la inminencia. Que la verdadera vida está aquí, sólo que oculta, y que debemos realizar el esfuerzo de alcanzarla. Porque es a eso precisamente a lo que nos enseñan los tesoros, a contemplar el mundo como un dios que durmiera. Es el viejo sueño de la transustanciación, buscada por los alquimistas. Una búsqueda que, según ha escrito Mircea Eliade, tiene dos sentidos, por una parte perfeccionar la obra de la naturaleza, por otra hacernos a nosotros mismos. Que es expresión, por tanto, de una simpatía mística con el mundo. Gracias a esa simpatía participamos en los procesos de crecimiento que se verifican en el seno de la tierra. Los tesoros son la señal de que esa obra ya se ha cumplido, y nos ayudan a contemplar el mundo bajo especie de eternidad. ¿Por qué habría de importarnos que, a pesar de todo, no los encontremos nunca?

La calle del Paraíso

Mi primera casa en Valladolid estuvo en la calle del Paraíso. Viví en ella hasta los cinco años, en que nos trasladamos a otra más moderna, situada en el centro de la ciudad, junto a dos conocidos hoteles. El Hotel Conde Ansúrez, cuya inauguración fue todo un acontecimiento, y del que se decía que dormir en él costaba una auténtica fortuna; y el Hostal Florido, con su terraza semejante a un invernadero, y cuyos clientes, que nos miraban desde aquel espacio acristalado cuando volvíamos del colegio, a mí siempre me dieron un poco de pena porque era como si por respirar el aire de todos se pudieran morir. En ese hotel tenían también lugar unos bailes muy conocidos, a los que iban costureras y chicas de servicio, y que se llenaban de todos los moscones de la ciudad. Yo los veía entrar desde la ventana de nuestro piso, que era el primero, entre las ramas de los plátanos. Las chicas iban como brazos de mar, y bastaba el mínimo accidente para que rompieran luminosas a reír; y los hombres las miraban taciturnos y sombríos, como si tuvieran ganas de matarlas. Siempre me asombró la inconsciencia con que ellas entraban en aquel lugar, en el que me parecía que corrían los mayores peligros.

Pero no es de esa época de la quiero hablar ahora, sino de mis primeros cinco años, y de aquella calle que, aunque en su aspecto externo no hiciera honor a su nombre, sí constituyó para nosotros algo parecido a ese paraíso que todos buscamos al vivir. Nos trasladamos a ella cuando apenas acababa de nacer. Yo era el tercero de los hermanos, y al tercer año, de los cinco que permanecimos allí, nació mi hermano Puki, que como todos los elegidos vino al mundo con un secreto en su corazón. No era una calle bonita. Ya entonces habían cortado los árboles a los que debe su nombre y, aunque empezaba a haber casas nuevas, presentaba en general un aspecto un poco destartalado. Desde una de nuestras ventanas se veía el cucurucho de la torre de La Antigua, y por la otra dirección se accedía a un terreno prácticamente sin urbanizar, donde estaba el hospital viejo.

Justo enfrente de nuestra casa había una carpintería y, a su lado, unas grandes cuadras. En la carpintería comprábamos el serrín para la estufa, y a la cuadra la llamábamos La Posada de los Caballos. Entonces aún se utilizaban mucho los carros y la gente que venía de los pueblos necesitaba de un lugar donde dejarlos, con las caballerías, mientras llevaba a cabo sus gestiones en la capital. Los dejaban en aquella cuadra. Una vez se desprendió un cable de alta tensión y electrocutó a uno de los caballos. Aún le veo tumbado en el suelo, como si hubiera sido vencido inexplicablemente por el sueño, como veo los esfuerzos que tuvieron que hacer los hombres para alzarle hasta el camión en que le vinieron a recoger.

Mi madre era el centro cálido y absorbente de aquel universo completo. Joven y guapa, su vitalidad era inagotable. Se disfrazaba para jugar con nosotros (una vez se vistió de fantasma y logró convocar frente a la ventana de nuestra casa a todos los chicos de la vecindad), nos hacía unos dulces riquísimos (brazo de gitano, leche frita, natillas y, en los cumpleaños, una tarta que siempre causaba la admiración de nuestros amigos, porque tenía forma de lagarto), y nos contaba muchísimas cosas. Del hotel en que había vivido en León —nuestros abuelos eran hoteleros—, y de las luchas fratricidas entre los hermanos (llegaron a nacer quince, de los que sólo sobrevivieron ocho).

Pero a mi me gustaba sobre todo que nos hablara de cuando aún era una jovencita, y nosotros no existíamos aún. De los pretendientes que había tenido, un chico muy guapo y pícaro, que era el hijo de los dueños de un bazar que había cerca del hotel; de cuando salía de casa en calcetines y se ponía a escondidas las medias, burlando la vigilancia de sus padres y de sus hermanos (también se pintaba a escondidas); y de la llegada a León de los alemanes de la Legión Cóndor, en plena guerra civil. Del revuelo que armaron entre las chicas, pues todos eran altísimos; y de una vez en que uno de ellos la sacó a bailar y empezó a llevarla en las evoluciones del baile de un lado para otro, y era como si fuera agarrada a una hélice. Le habían dado ganas de desabrocharle la casaca para ver qué tenía debajo, si su pecho era de acero.

Con uno de aquellos pretendientes hubo algo más, y de hecho llegó a pedirle que se casara con él. Pero ya había aparecido en escena nuestro padre, y tuvo que decirle que no, aunque con un poco de pena, pues en sus ojos cuando la miraba parecían encenderse guirnaldas enteras de bombillas. Y entonces empezaba lo emocionante, porque mi madre, haciéndose la misteriosa, nos decía de pronto: «Ya lo veis, estuve a punto de no llegar a conoceros». Ignorantes de las leyes de la herencia, no poníamos en duda que nosotros, a pesar de todo, hubiéramos tenido que nacer. ¿Pero en qué familia, en qué lugar del mundo? Mi madre sostenía que viviríamos allí mismo, pero que nuestro padre se habría casado con otra mujer distinta, y que nosotros seríamos sus hijos. Luego, en la cama, daba vueltas a aquellas ideas. Me veía en Valladolid, viviendo tal vez en aquella misma casa, pero con una madre que no era la que yo quería.

Pero esa fantasía tenía una parte secreta, una parte que a nadie, ni siquiera a ella, llegué a confesarle nunca, y a la que me entregaba con fruición. Una parte en que mi madre y yo nos encontrábamos al azar de un día cualquiera por la calle y los dos sabíamos al instante quién era cada uno, a pesar de nuestras respectivas familias, y de todas las leyes del mundo. Al día siguiente, las calles me parecían otras. Iba por ellas, la calle del Paraíso, de Juan Mambrilla, la plaza de la Universidad, el mercado de Portugalete, y me imaginaba que las ventanas, las puertas, los puestos del mercado, los árboles estaban allí preparando tan solo el momento en que mi madre aparecería para reconocerme, y en que abandonando a nuestras familias prestadas, nos iríamos a otra ciudad para empezar a vivir de una manera distintas, juntos ya para siempre.

Han pasado los años, y sigo en esta ciudad, en la que en tantas ocasiones me ha sido complicado vivir. A veces me pregunto por qué sigo en ella, y entonces pienso en aquel niño de cinco años, y en su fantasía sobre aquel encuentro luminoso y prohibido. Supongo que, al menos en una parte importante, sigo aquí por ese niño. También que por él soy escritor. Porque la literatura es una protesta contra todo lo que nos fija a lo que no queremos ser.

Valladolid en cuatro casas

El viajero inmóvil es el título de un viejo libro, cuyo autor no recuerdo, que podría definir la situación actual de alguien como yo. Alguien que se dispone a hacer un relato de viajero centrado en una ciudad de la que nunca llegó a marcharse. Y eso es Valladolid para mí: la única ciudad de mi vida, lo que no creo que sea tan inusual ni tan extraño, pues un buen número de los habitantes de la Tierra podría declarar lo mismo de sus respectivas ciudades. Algo que bien mirado no tiene por qué ser ni bueno ni malo, sino que, como se dice en esa canción tan escuchada durante el verano, todo depende. ¿Y de qué depende? De algo tan sencillo como al lado de quién se estuvo. Eso son las ciudades: las gentes que conocimos y amamos en ellas y las casas en que llegamos a vivir.

Pero Valladolid no es ahora la misma ciudad que era en 1948, que es el año de mi nacimiento, como tampoco, obviamente, lo soy yo. Regresar a través de la memoria a aquella pequeña ciudad castellana, de apenas cien mil habitantes, en la que pasé mi primera infancia, marcada aún por la actividad rural de sus pueblos y por una pequeña burguesía de origen comercial y mercantil, es en cierta forma un viaje. Un viaje en el tiempo, pero también en el espacio, pues la ciudad de entonces y esta en que vivo son ciudades que en ningún caso se confunden. Como no lo hace el Valladolid agitado y febril de mis primeros años en la Universidad con ese otro en que a finales de los setenta y principios de los ochenta me casé y tuvimos a nuestros dos hijos. Cuatro ciudades bien diferenciadas constituidas cada una en torno a una casa distinta. ¿Quién puede negar que pasar de una a otra no es también una de las tareas del viajero?

Cuatro casas en total. La primera esta situada en una calle de nombre premonitorio, la calle del Paraíso. Es una calle del Valladolid de los Austrias, que es una zona que sería destruida casi en su totalidad por la furiosa especulación de los años setenta, pero que en aquel tiempo era un barrio armonioso, repleto de palacios y de casas con patios llenos de columnas. Muy cerca está la iglesia de la Antigua, y un poco más allá, la universidad, junto a la catedral incompleta de Herrera. Entre ambas se abre una placita con árboles donde hay una estatua de Miguel de Cervantes, que el pobre llegó a vivir en nuestra ciudad en medio de grandes penalidades. La iglesia de la Antigua tiene una de las torres más bonitas de la Tierra. Merece la pena detenerse ante ella. De base cuadrangular, se clava esbelta, con su ritmo alterno de ventanas, hasta terminar en un capitel de pronunciada forma piramidal que se recorta contra el límpido cielo azul como una casita hecha de escamas de pescado.

Eran los tiempos de las calefacciones de carbón, de los afiladores y de los piñeros. Los piñeros venían en otoño, con sus carros panzudos, y anunciaban a gritos su mercancía. Recuerdo haber ayudado más de una vez a llevar a casa aquellas cestas de piñas, que se utilizaban para encender la calefacción. Un día tropezamos junto a las escaleras y las piñas se diseminaron por la penumbra del portal, donde semejaban corazones humanos. Recuerdo mi aprensión al cogerlas, como si se fueran a echar a latir en mis propios dedos.

Apenas había cumplido cinco años cuando nos mudamos a nuestra casa de la calle Doctrinos, que está situada en pleno centro de la ciudad. Sería la casa de mi adolescencia y de toda mi juventud, y su recuerdo va asociado al Valladolid burgués de los paseos por la calle de Santiago. Los vallisoletanos son por lo general muy aficionados a pasear, y cualquier motivo les parece bueno para lanzarse a la calle y pasarse las horas muertas circulando por ellas. El de las caminatas hasta el colegio, que estaba en la plaza de Santa Cruz, donde hay un palacio con un claro y precioso patio renacentista; el Valladolid de las iglesias y las graves devociones; la iglesia de las Angustias, que guarda una preciosa Virgen de Juan de Juni con el corazón lleno de cuchillos; la iglesia de San Martín, con su franciscana torre románica; el Valladolid de las nieblas, de los cielos llenos de vencejos, de las cigüeñas ensimismadas, de los paseos en barca por el Pisuerga, de los cines de programa doble, aunque gran parte de esos cines, el Capitol, el Delicias, el Goya y el teatro Pradera, hayan desaparecido o, como el Teatro Zorrilla, estén a punto de hacerlo si algo no lo remedia. Y el Valladolid, claro, de las dolientes tablas policromadas de su Museo de Escultura, situado en el palacio de San Gregorio, que es sin duda su cita más exigente y extraña. En su patio de estilo isabelino, Orson Welles rodó en los años sesenta algunas escenas de su película *Mister Arkadin*, uno de cuyos extras fue Miguel Delibes.

¿Existe el paraíso en la Tierra? Si existe, no puede ser muy distinto a aquel que hallamos mi mujer y yo en nuestra casa de la plaza de Sana Ana. Allí nos fuimos a vivir cuando nos casamos, y allí, unos años después, nacieron nuestros dos hijos. Recuerdo que pasábamos un frío de muerte, pues la casa era antigua y las ventanas ajustaban mal, y en Valladolid los inviernos son duros e interminables. No había ascensor y nos separaban de la calle 74 implacables escalones. Fue mi padre el que los contó. En aquel tiempo estaba muy enfermo, y empezaron unas obras en el edificio vecino que provocaban un ruido tan infernal que literalmente lo echaban de casa. Yo le iba a buscar por las tardes y le llevaba a la nuestra, donde permanecía hasta que los obreros cesaban de trabajar. Fue él quien contó los escalones. «Son 74», me dijo el segundo o tercer día cuando llegamos arriba y andaba casi sin respiración. Mi mujer iba y venía por la casa, y él una tarde se la quedó mirando desde su sillón de orejas y, pensando sin duda en mi madre, que cuando se casaron debía de tener la misma edad que ella tenía entonces, me dijo algo que no he podido olvidar: «No hay forma de hacer feliz a una mujer». Pero nosotros sí lo fuimos, o disfrutamos al menos de esa pequeña y siempre amenazada parcela de felicidad que al hombre le es dado disfrutar en el mundo. Aquella casa estaba llena de libros y de amigos, y las conversaciones y las lecturas se prolongaban hasta la madrugada. Ibamos al cine sin parar, y gracias a la Semana de Cine de entonces descubrimos a Ingman Bergman, a Yasujiro Ozu y a Kenji Mizoguchi, y en esa misma casa un día de noviembre escuchamos la noticia de la muerte de Franco. Luego nacieron los niños, y pasamos a formar parte de esa legión de padres que se lanzan a la calle cada tarde en busca de imprecisas ocupaciones con que entretener a sus hijos pequeños. Nos sirvió para redescubrir la ciudad. Las orillas del río, el parque del Poniente y el rumoroso Campo Grande, con el milagro eterno de sus pavos reales, que tanto le hubiera gustado contemplar a Flannery O'Connor.

A comienzos de los noventa nos mudamos junto a los soportales de la Fuente Dorada y el mercado del Val, que es donde vivimos ahora. Para llegar a la nueva casa hay que recorrer la calle Platerías, que es la calle más delicada y armoniosa de Valladolid, y la más admirada por aquellos viajeros que en los siglos XVI y XVII llegaron a comparar a Valladolid con la ciudad de Siena. Sí, me digo siempre que voy por esa calle, Valladolid es igualita que Siena. Sé que se trata de una exageración dictada por el amor, pero no me importa. Puede que Valladolid no sea una ciudad muy hermosa, ni muy amable, pero tampoco es lo que parece a simple vista. Hay en ella otra ciudad, una ciudad secreta. La ciudad a la que Miguel Delibes ha entregado su vida, y en la que Rosa Chacel soñó con un ángel de sangre; la ciudad de las manifestaciones antifranquistas, la ciudad que dejó incompleta su catedral y que celebra en su escudo los cinco incendios que la destruyeron. La ciudad que ha imaginado un museo, único en el mundo, para preguntarse por qué la vida es inseparable del dolor, y en que Francisco Pino escribió desde el pequeño despacho de su tienda de telas estos versos: Verdadero poeta / es aquel que no ha estado vivo nunca, / pero ha vivido siempre, sin ser parido, ahogado / y sonríe.

Antes he citado *Mister Arkadin*, la película de Orson Welles. Hay en ella una escena rodada en ciudades distintas que por obra del montaje se percibe como un paseo de sus protagonistas por un único lugar. Creo que en la vida no sucede otra cosa, y que todas las ciudades en que hemos vivido se superponen y coexisten haciendo que hasta el más elemental de nuestros gestos pueda proyectarnos a tiempos y espacios insospechados. Vamos por una calle cualquiera y de pronto estamos en otra por la que anduvimos veinte años atrás, paseando por la ciudad del recuerdo. Siempre repetidas y siempre nuevas, esas calles redescubiertas nos dicen que la vida es extraordinaria. Puede que cuando la miramos desde fuera todo se hunda, todo parezca engaño, pero mientra dura la vida es extraordinaria e irreal, como sucede con esos instantes de dicha. ¿Importa mucho que no vayan a volver? Bueno, claro que importa, pero aún es más importante que una vez existieran. El gran poeta inglés Wordsworth lo dijo en un poema justamente célebre: «Aunque ya nunca podremos recuperar el esplendor en la hierba de los días felices, no debemos afligirnos pues siempre la belleza subsiste en el recuerdo».

El baño de Diana

Todos los veranos de mi infancia los pasábamos en un pueblo de la zona más árida de Castilla. Entonces aún no se había extendido la costumbre de estabular el ganado, y las vacas eran una figura familiar en las calles de aquellos pueblos. Mi madre las tenía un miedo cerval, y le bastaba con tropezar con alguna, sobre todo al atardecer, cuando regresaban de pastar, para tener una reacción de pánico. A nosotros nos encantaba la escena, pues mi madre perdía por completo la cabeza y se transformaba en una niña, una niña temblorosa y asustada que o bien se ponía a nuestras espaldas tratando de protegerse, y su nerviosismo era tal que llegaba a clavarnos las uñas, o se echaba a correr sin más en cualquier dirección, hasta terminar en el portal más próximo o subida a las tapias de las eras.

Desde entonces siempre que veo una vaca, real o representada, pienso en esta escena, tan divertida como injustificada. Divertida, porque mi madre estaba de verdad graciosa en medio de la escena del pánico; injustificada, porque no hay animal más indolente y previsible que una vaca lechera, y en el que sea menos pensable una reacción de ataque. Sólo podría comparárselas con las ovejas, aunque éstas sufren al menos el estigma del miedo, y la extraña pulsión del hacinamiento, lo que las hace más efusivas y nerviosas, más cercanas, por tanto, al mundo de la expresión. En las vacas nada parece anticipar ese mundo. Es cierto que viven junto al hombre, pero esa proximidad sólo parece haber sido capaz de provocar en ellas indolencia. Una indolencia que no anuncia cosa alguna, que no expresa ni dice, que es un mero permanecer en el límite de la nada. Y, sin embargo, en el libro de Enoch, compuesto en tiempos del gnosticismo con materiales muy antiguos, el primer hombre nace de una vaca. «He aquí que una vaca nació de la tierra, y esta vaca era blanca. Después siguió una ternera, y con ella otra ternera. Una era negra y otra era roja. Después, una de estas terneras fue a las vacas blancas y les enseñó un misterio. Mientras que la vaca blanca temblaba se convirtió en un hombre que construyó un gran barco donde vivió con tres mujeres». Luego sigue la descripción del diluvio: «Habiéndose disipado las tinieblas, el barco se quedó en tierra. Entonces, la vaca blanca, que se había transformado en hombre, salió del navío y las otras vacas salieron con él».

De este hermoso y singular texto me sorprende sobre todo la audaz idea de que el hombre es una criatura que nace del temblor. La vaca tiembla, y nace el primer hombre, que enseguida se pone a construir el Arca, que habrá de asegurar la continuidad de la vida. O dicho de otra forma, el lenguaje, pues hablar del hombre es hablar de las palabras, sólo puede nacer en ese límite en que el temblor lo es todo. Un cuerpo que tiembla, no importa que de placer, de ira o de miedo, es un cuerpo abierto al lenguaje, a la palabra. Que está siendo habitado por las palabras. No que sean las palabras las que le hacen temblar, sino que el temblor mismo es intuición de la palabra, presentimiento de su paso. Es aquí donde se sitúa la escena del libro de Enoch. El hombre nace de la vaca para construir el Arca salvadora. Su reino es, pues, el que sucede al diluvio, a la destrucción. Pero ese reino es también el reino de la novela. Un reino que no coincide con el reino del Génesis, aún no tocado por la desdicha, y que es el reino de Odiseo en la escena en que se encuentra con Nausicaa en la playa, el de Don Quijote en su peregrinar por las estepas manchegas, el de Enkidu, el hombre primitivo y sencillo, compañero de Gilgamesh, que antes de conocer a la mujer vagaba con las gacelas en la pradera. Y también, claro, ese reino más personal en el que me introduzco con sólo tropezar con una vaca, que es un animal que será ya siempre para mí pura novelería, en la medida en que sólo puedo verlo como un saco de palabras. O dicho de otra forma, bajo la óptica del temblor de mi madre. Contaminado por su nerviosismo, por sus risas, por su loca actitud.

Al escribir esto me doy cuenta de una cosa. Que escribí mi novela *El pequeño heredero* utilizando recuerdos de un tiempo, y que, sin embargo, eludí referirme a esa historia. No es la primera vez que me pasa. Antes bien, siempre que termino un libro descubro que hay algo que, aun perteneciéndole estrechamente, he olvidado incluir en sus páginas. He escrito que me olvidé, pero no creo que se trate de un olvido. Supongo que responde a una táctica no premeditada, pues dejar algo en suspenso, sin contar, es dejar abierta la posibilidad del regreso. Del regreso a ese lugar, distinto con cada nuevo libro, que visité sin descanso durante los largos meses que dediqué a escribirlo. Porque el novelista no hace nada, y bien mirado, su oficio no tiene mayor mérito. Sólo elige un lugar, y empieza a acudir a él. Si la elección es buena, lo que nunca termina de saberse, la novela va llegando sola. Es como descubrir una fuente, y sentarse a esperar, con el convencimiento de que antes o después todos los animales escondidos tendrán que salir de la espesura para beber en ella. El novelista es como Acteón. Va al bosque, y se esconde. Si aparece Diana, la novela está escrita. Si no lo hace, más vale que se marche y, sobre todo, que no ande contando que la vio (es algo que se nota muchísimo). Todas las novelas que existen tienen por última referencia esa escena, la del cuerpo desnudo en el bosque silencioso. Nausicaa ve a Odiseo en la playa, y ese cuerpo golpeado, apenas cubierto por una rama, contiene la sustancia completa de la novela que a partir de ese instante empezará a escribir. Por eso, y contra cierta tendencia actual que postula, en una suerte de afirmación antirromántica, la condición artesanal del oficio de escribir, a mí me gusta pensar lo contrario. Que escribir novelas no es un oficio, o, si lo es, se trata de un oficio muy particular. Pues ¿qué oficio puede ser ése en que nunca sabe lo que va a resultar? ¿Llamaríamos carpintero a aquel que habiéndole pedido, pongamos por caso, una silla de cocina, termina por entregarnos una chocolatera o una escalerilla para subir a los árboles? No tengo nada contra los oficios, agrandan la vida, la dignifican con el trabajo, nos ayudan en los pormenores del tiempo, sólo que escribir novelas no tiene nada que ver con la realidad empírica. Tampoco con las personas llamadas normales, o si lo tiene, es precisamente con ese punto en que éstas desmienten tal condición. Con lo que de anormal, o extraordinario, hay en esa vida consumida por los tópicos y los lugares comunes, que es la vida de casi todos nosotros. En todo caso, como diría Cervantes, se trataría de un oficio peregrino.

Aunque yo creo que a lo que de verdad se parece un novelista es a un ladrón, y que escribir no es distinto a salir a robar. Conviene estar al tanto de los tejados, ser experto en cerraduras y en el arte de los desplazamientos. Pero, claro, ni aun siendo capaz de esto el botín está asegurado. No, escribir no es salir a robar. El verdadero novelista no es el que roba, el que obtiene un botín, sino el que vuelve sin nada, más pobre que nunca. El que entró a robar y no pudo llevarse nada, por no romper el cerco de silencio que rodeaba lo valioso. Por eso todas las grandes novelas son tristes, están marcadas por la pena. Tienen que serlo porque el lugar al que se llega, el cuerpo tan ardientemente anhelado, siempre está marcado por un *noli me tangere*, de forma que cuanto más se desea algo más descubrimos en ello un núcleo de materia intocable, que nos dice que no lo podremos tener. «No te acerques, no me toques», le dice la diosa a Acteón. «Cuando la pluma más finamente cortada, en su momento de mayor inspiración, ha escrito su cuento con la más preciosa tinta, ¿dónde podría leerse un cuento aún más profundo, dulce, alegre y cruel?: en la página en blanco», escribió Isak Dinesen, haciendo de ese silencio, de esa materia intocable, la sustancia última de todo relato. Fiel a ese principio, una vez que un antropólogo le pidió permiso para excavar unos túmulos sepulcrales dentro de su propiedad, ella se negó en los términos más vehementes. Y así, sus túmulos siguieron allí, ocultando lo que protegían. «No es necesario desenterrar las raíces, basta con saber que están allí», escribió después en una carta. Mantener esas raíces enterradas, pero libres los caminos que llevan a ellas, es la mejor definición que conozco del arte de novelar.

La mano que escribe sola

Los membrillos son un fruto de otoño. Nuestro veraneo en el pueblo terminaba a finales de septiembre, de modo que aún no estaban maduros cuando a comienzos de curso regresábamos a la ciudad. Había que esperar cerca de dos meses para que esto sucediera. Y entonces nos los enviaban en el coche de línea, amontonados en grandes cajas que encontrábamos en la cocina a nuestro regreso del colegio, como corazones embebidos de la luz dorada del sol otoñal. Era un motivo de alegría, pues esa misma tarde nuestra madre preparaba con ellos dulce de membrillo, pero también jalea. Siempre en proporciones muy inferiores, pues mientras que con los membrillos llenábamos latas y latas, que, dicho sea de paso, terminaban hartándonos, de jalea apenas se conseguía una minúscula fuente, que desaparecía en la primera merienda. Su preparación consistía en recoger las mondas y los corazones de los membrillos, ricos en semillas mucilaginosas, y, añadiendo azúcar, hervirlo todo con lentitud hasta que se formaba un delicado jarabe, que al enfriarse tenía la consistencia de la carne. Recuerdo que nos las veíamos y deseábamos para repartir aquel escaso tesoro. También cuánto nos maravillaba la escena de su preparación. Ver a nuestra madre en medio de aquel país de mondas y tristes despojos, y como una maga haciendo de todo ello aquel dulce maravilloso cuya sola evocación todavía ahora hace que me chupe los dedos. Pues bien, esta escena tan doméstica puede servirnos para explicar lo que es la poesía, que no opera con grandes palabras o conceptos, sino con mondas, peladuras, restos que no parecen servir para nada. Coge esos restos y prepara con ellos un elixir, pues la poesía es el instante de la transfiguración.

Pero, ¿por qué el poeta debe servirse de las mondas, cáscaras, peladuras y semillas, es decir, de lo que habitualmente los cocineros de la lengua, los grandes *gourmets* de la comunicación verbal, desdeñan o dejan de lado? Porque para ser poeta, y ésta es la gran paradoja, hay que quedarse sin voz. Siguiendo con nuestra imagen, mientras que las palabras comunes tendrían que ver con lo productivo, es decir, con el fruto que aromatiza los armarios y nos proporciona la carne para el alimenticio dulce; las de los poetas con las peladuras, o, dicho de otra forma, con esos restos que el proceso de comunicación no puede o no sabe utilizar, y que queda fuera de él, como residuo no significativo. El poeta opera con esos residuos. Su mundo es el del Artista del Trapecio o el de Bartleby, el escribiente. El Artista del Trapecio se sube a su trapecio y ya no quiere bajar de él, que hasta cuando se ve obligado en los desplazamientos del circo a viajar en tren tiene que hacerlo en la redecilla donde van las maletas; Bartleby el escribiente se niega a hacer lo que le piden en la oficina. Ambos se sustraen a la comunicación, ambos representan al poeta, que no es sino ese inquilino de la vida desfigurada de la que habló Walter Benjamin, en su ensayo sobre Kafka, queriendo referirse a esas criaturas intermedias que tanto abundan en la obra del escritor checo, y de las que el pobre Gregorio Samsa, cuando se despierta transformado en un insecto, es el ejemplo más claro. La poesía es la voz de esas criaturas. Y ésta es la gran paradoja, porque todas ellas han perdido la posibilidad de hablar. La perdieron para encontrar en lo más hondo de sí mismos esa segunda voz, de la que habla Eduardo Milán en un pequeño y luminoso ensayo sobre la poesía de José Miguel Ullán. Una voz que se confunde con el gesto, y que más que con el esfuerzo de la comunicación tiene que ver con las acciones incomprensibles y precipitadas a que se ven expuestos los personajes del cine mudo. Rodar por pendientes, quedar colgados de cables tendidos a alturas increíbles, botar contra el suelo y las paredes como si la sustancia de sus cuerpos fuera la goma.

«La vida es un hombre que ciego ve una flor», ha escrito Francisco Pino, que es sin duda uno de los grandes poetas españoles de este siglo, y que a sus 87 años sigue escribiendo con el vigor, la dulzura y el atrevimiento de los niños. Para entender lo que significa esto tenemos que volver a Kafka. En su relato *Una cruza* hay un instante incomparable. La extraña criatura que momentos antes ha estado bailoteando ante su protector, salta de pronto sobre su regazo y empieza a mover su hocico junto a su oído. La poesía es ese relato que no se oye. Que no dice nada, pero que produce un inmediato entendimiento. «¡Qué difícil de comprender el beso, ha escrito el propio Pino, y qué fácil de entender lo que dice! Comprensión y entendimiento. La poesía no se comprende pero produce un entendimiento que nos prende, en el doble sentido de cogernos y encendernos al modo de la llama». Los bailoteos, la inquietud, recuerdan los merodeos de Gregorio Samsa, transformado en insecto, pero también los de la mano que aparece en el banquete del rey Baltasar.

Todos recordamos esa escena de la Biblia. Baltasar era un rey babilonio, amante de la buena vida, y organizó un gran banquete en que él, sus concubinas y sus invitados se pusieron a beber con los vasos de oro que habían tomado del templo de Jerusalén. En pleno festín apareció una mano y se puso a escribir en la pared. Baltasar, aterrado, convocó a todos su adivinos, pero ninguno supo interpretar aquella escritura. Hasta que le hablaron de Daniel, y le mandó llamar. «Mene, tequel, peres», ésa era la frase. Y Daniel le dijo lo que significaba: contado, pesado y dividido. ¿No es ésta la esencia misma de la poesía? ¿Pues, efectivamente, ese lenguaje que aparece contado, pesado y que se da dividido no es el lenguaje poético? La mano tiene un peso, es capaz de contar y aparece separada de su cuerpo. Se parece a la pequeña sirena del cuento de Andersen, pero también al animal extraño del relato de Kafka. Son los animales impuros. ¿Por qué impuros? Porque se alimentan de cáscaras, porque ninguno de ellos tiene lenguaje. José Miguel Ullán ha escrito que el mayor enemigo de la palabra es la palabra. Y a estas alturas ya sabemos lo que significa, la poesía es la mano que escribe sola.

Dibujar una cigüeña

En un apólogo de Kafka, un emperador en su lecho de muerte llama a uno de sus servidores. Le entrega un mensaje que tiene que llevar al otro extremo de su reino. El mensajero corre en dirección a esa frontera remota, pero el palacio es tan extenso, sus corredores y patios tan intrincados, que muere antes de alcanzar sus puertas exteriores. No es difícil saber lo que oculta ese mensaje terrible: «Somos cadáveres de permiso». El mensajero, sabe que la verdadera vida está en ese reino remoto, y que su misión es hacer todo lo posible por escapar. No corre para transmitir las palabras del emperador, sino para negarlas.

No creo que sea otra la función del relato. Ayudarnos a escapar del palacio, y burlar a la muerte. ¿Es posible? No, no lo es. Pero por si acaso conviene correr, salir a toda velocidad de ese reino agobiante. No se trata de un sinsentido. La vida del hombre no es posible sin la excepción. Los cuentos están llenos de ellas, por eso los necesitamos. Aún más, puede afirmarse que sólo nos interesa de verdad lo que rompiendo la cadena de las causas, el orden habitual de los acontecimientos, nos abre a ese mundo de la infinita posibilidad. Tal vez por eso no hay comunidad sin cuentos. Que no necesite contarse cuentos, y que no sea capaz de generarlos. Es decir, que no sienta, al menos en algún momento especial de su historia, que su vida puede ser contada. No hace falta explicar lo que esto significa, pues todos hemos experimentado numerosas veces esa sensación tan extraña como maravillosa, la de que eso que nos pasa puede constituirse en materia de un relato. En cierta forma, los momentos más intensos y decisivos de nuestra vida son aquellos que generan automáticamente esa necesidad de contar. De hecho, no contamos cualquier cosa, sino sólo aquello que guarda la promesa de una salvación. Es decir, lo que está abierto al sentido. O dicho en otras palabras, lo que hace de nosotros dignos descendientes de la vieja estirpe del mensajero de Kafka. Lo improbable hecho real, ésa es la materia del relato.

Isak Dinesen, que fue una de las grandes narradoras de este siglo, lo explicó en una de sus historias. Había un hombre que vivía en una casa, junto a un estanque. Una noche al hombre le despierta un gran ruido y se interna en la oscuridad para encontrar su causa. Va en una dirección, en otra, y tras pasar por numerosas vicisitudes termina por perderse. Se cae en una zanja, se pierde en un terreno pedregoso, tiene que levantar un dique, porque el estanque se ha roto y se escapan los peces, y por fin, agotado, regresa a su casa. Pero cuando a la mañana siguiente mira a través de su ventana, ¿qué es lo que ve? Que el rastro que ha ido dejando en ese peregrinar sin retorno ha trazado en la arena el perfil nítido y exacto de una cigüeña. Eso es contar un cuento, hacer ver esa cigüeña imposible. O dicho con otras palabras, confiar en que la vida tantas veces absurda, dispersa, siempre bajo el imperio de un emperador moribundo, de pronto puede aclararse y, como las aguas de un río, dejarnos ver el fondo luminoso del cauce. Ese instante es el que tratamos de apresar cuando contamos algo.

Voy a poner un ejemplo. El peluquero del pueblo de mi padre se jubiló hace unos meses, y traspasó su negocio, un local minúsculo, situado junto a la plaza. Pero el nuevo propietario, dueño del bar colindante, al comenzar las obras de acondicionamiento se tropezó con algo imprevisto. El peluquero había ido acumulando, a lo largo de más de treinta años de vida profesional, kilos y kilos de pelo en los bajos de su local, y fueron precisas dos jornadas de trabajo para vaciarlo por completo. Todos recordaban aquella costumbre suya de barrer el pelo hacia una trampilla situada en una de las esquinas, pero nadie podía suponer que había ido guardando bajo sus pies el pelo de varias generaciones. El pueblo entero asistió perplejo al espectáculo de la extracción del pelo, que por su abundancia parecía no ir a terminar nunca, y llegó a llenar dos remolques. En medio de ese trabajo, y confundida en aquella materia oscura, encontraron una trenza. Una trenza que causó la admiración de todos, pues era de color rubio, y tanto su vigor como su longitud incomparable hacían pensar que acababa de ser cortada. Fue tal el impacto que experimentaron al verla que, incapaces de saber lo que tenían que hacer, suspendieron por unas horas su trabajo. ¿A quién había pertenecido? ¿Cómo era posible que aquella trenza casi sobrenatural les hubiera pasado inadvertida cuando lució luminosa en la espalda de una mujer real? ¿Acaso la mujer no era del pueblo? Y si era así, ¿qué podía haber llevado a una forastera a elegir una peluquería como aquélla para realizar un acto que debió causarle un vivo dolor? Aún más, ¿por qué siendo el peluquero el mayor charlatán del pueblo nadie recordaba haberle oído hablar de aquella visita? No encontraron ninguna respuesta y, finalmente, con el ánimo traspasado de vagos presentimientos, siguieron con su trabajo. La hermosa trenza fue a parar con el resto del pelo a uno de los remolques donde desapareció para siempre en el vertedero municipal.

Dos vagones enteros de pelo, la confusión de los hombres al contemplar el oscuro magma y tener la evidencia de que en él no sólo había restos de sus cuerpos, sino de tantos familiares y amigos desaparecidos; una trenza destacándose en la suciedad como recién cortada, y el desasosiego de su vitalidad en medio de la contemplación inesperada de la muerte. Eso es dar a ver la cigüeña. Descubrir que todos al vivir vamos trazando un dibujo desconocido, y que nuestra tarea, como la del colono del cuento de lsak Dinesen, es hacer todo lo posible para que no quede incompleto. No que lo elaboremos nosotros, porque eso exigiría conocer el dibujo que queremos trazar, sino que a través nuestro pueda hacerse visible a los que viven a nuestro lado. La última voluntad del hombre moribundo se resume en un único deseo universal: haber generado al menos una historia que merezca ser recordada. El peluquero lo ha hecho. Como si a lo largo de toda su vida, de todos los años pasados en aquel local agobiante, repitiendo eternamente, ante la sucesión interminable de sus vecinos, los mismos gestos con su tijera, no hubiera hecho sino preparar ese único instante de gloria, el instante en que todo el pueblo descubriría asombrado su almacén de pelo. Lo guardé para vosotros, les dice. Yo soy esos dos vagones de pelo que ahora se alejan para siempre.

Pero, ¿y la trenza? La trenza es lo que está de más, lo que se añade inexplicablemente a ese dibujo, y a la vez le completa y, en cierta forma, le descabala, pues no conviene que la línea se cierre en exceso, porque la vida de un hombre no cabe en un solo dibujo, sino en muchos a la vez. Eso significa la trenza. Nos advierte del peligro de fiarnos demasiado de las apariencias, y de la posibilidad de que más allá de lo que siempre sentimos como propio, nuestro propio nombre, nuestra identidad personal o social, pueda haber la sombra de una vida distinta, que incluso nos aborda y reclama de una manera más decisiva que la que habitualmente mostramos ante los demás. Seguir la sombra de esa vida es como participar en uno de esos juegos de las cajas chinas, donde el lugar al que se llega sólo es el tránsito hacia otro lugar distinto, que a su vez sólo puede conducirnos a otro más escondido aún. Todas las historias que nos gustan, esas que no nos cansamos de reclamar y que, como los niños cuando escuchan un cuento que les concierne, sólo podemos aceptar que terminen para que alguien las comience de nuevo, guardan dentro un secreto. Una historia oculta, apenas presentida, pero de la que todo —los hechos mismos que se narran, el ritmo precipitado de nuestra sangre al escucharlas— parece depender. Como la historia del peluquero, y en cierta forma la de todos los que contemplaron la escena de los remolques, dependerá ya para siempre del enigma de esa trenza recuperada y perdida. Troya en llamas, siete años de exilio, trece buenos barcos perdidos. ¿Qué sale de allí?, se pregunta Isak Dinesen. «Maravillosa elegancia, delicada grandeza y suave ternura».

Maravillosa elegancia, delicada grandeza, suave ternura... ¿Pero no es ésta la descripción de la trenza, en la historia que os acabo de contar?

Lo suave y lo bueno

Recuerdo un sueño de mi infancia. Un sueño que sigue fresco y exacto en mi pensamiento, como si acabara de tenerlo esta misma noche. Y, sin embargo, es más bien un sueño insignificante, desprovisto de ese aura de extrañeza y de complejidad que suele caracterizar a los sueños que más nos perturban. Sólo consiste en que mi madre estaba con un pájaro. Bueno, algo más que un pájaro, pues tenía un tamaño considerable. Yo estaba acostado en la cama y escuchaba susurros, golpes extraños, y me levantaba para ver lo que pasaba. Al asomarme a la puerta de la cocina les veía a los dos. A mi madre sentada ante la mesa, y al pajarraco, que casi tenía la altura de mi madre sentada, moviéndose inquieto a su alrededor. Cada poco picoteaba en la mesa, donde había restos de comida. Respiraba ruidosamente, y sus movimientos eran torpes y algo bruscos, pues se veía que no estaba en su medio. Mi madre le miraba con una expresión de maravillada conformidad, y parecía haber entre ellos un entendimiento secreto, la memoria de sucesos desconocidos para mí pero que ellos compartían con naturalidad. Una de esas veces el pajarraco se acercó a mi madre y empezó a mover su pico aplastado junto a su oído. ¿Le estaba diciendo algo? Y, de ser así, ¿qué, y en qué idioma?

En ese instante mi madre levantaba la vista y me descubría en la puerta. Tenía las mejillas sonrojadas por la excitación y se llevaba las manos a la boca para ocultar su sonrisa. Enseguida me hacía gestos para que me fuera. Vete, parecía decirme, ya te contaré. Regresaba a la cama y permanecía con todos los sentidos despiertos, esperando que viniera a mi habitación. Quería que me lo contara todo, de dónde venía aquel pájaro, y por qué se comportaban como si entre ellos hubiera una extraña e incomprensible complicidad. No recuerdo más. Sí, que ese sueño, cada una de sus imágenes estaba traspasada de una incontestable atmósfera de felicidad, como si hubiera contemplado algo a la vez inexplicable y dueño de un sentido oculto, pero decisivo.

Ese relato inaudible (el pico, o la boca, en la oreja) es para mí la esencia de lo literario, de lo poético. Dice Hegel: «No es la vida que teme a la muerte y que se mantiene pura ante la devastación, sino la que soporta la muerte y se conserva en ella: ésa es la vida del espíritu». La poesía es lo que podemos tener de la vida, o, dicho de otra forma: el lugar donde surge siempre está marcado por la existencia de una palabra desconocida, que a la vez nos elude y se nos entrega cuando menos lo esperamos, para volver a escapar al momento.

De eso habla la última parte del mito de Orfeo, cuando, tras regresar del infierno, las bacantes le dan muerte por negarse a participar en una de sus orgías. Trocean su cuerpo y lo van arrojando por el bosque. La cabeza termina en el río. El agua la arrastra corriente abajo y de pronto se pone a cantar. Canta desde la muerte, y su canto ya no significa nada. El ciclo del cantor parece cerrado. Primero ha cantado para seducir, luego para protestar contra la verdad, ahora su canto surge de la derrota y del despedazamiento, de una cabeza que ya no le pertenece, que no es enteramente él. Es una imagen perturbadora. Es cierto que ese canto continúa, que su significado parece que no puede morir, pero también que surge de la muerte. Como si el arte y la vida fueran finalmente incompatibles. «Ningún camino lleva de la poesía a la vida; ninguno de la vida a la poesía», escribió Hofmannsthal. Creo que esa cabeza, el canto que surge de ella, resume gran parte de la extrañeza inherente a la poesía, en especial a la poesía contemporánea.

Tal vez se vea mejor lo que quiero decir si me refiero a dos de los más grandes relatos que se han escrito: el *Bartleby*, de Melville, y *La metamorfosis*, de Kafka. En el primero, un pobre oficinista se niega, sin dar más explicaciones, a hacer lo que le piden sus jefes y termina encerrado en un manicomio; en el segundo, otro personaje, no menos desolado, amanece convertido en un monstruoso insecto. Se diría que ambos relatos son la expresión más pura del absurdo de la vida. Sin embargo, basta una lectura mínimamente atenta para darse cuenta de que tanto Gregorio Samsa como Bartleby no se limitan a ser víctimas. Sienten una llamada, y su transformación (Gregorio Samsa se transforma en insecto y Bartleby en piedra) es la respuesta a esa búsqueda imperiosa. En la parte central de su relato, y cuando Gregorio Samsa ya ha empezado a tomar conciencia de su nueva configuración corporal, Kafka nos habla inesperadamente de la loca alegría que le domina. Y escribe: «Le parecía como si se abriese ante él el camino que había de conducir le hasta un alimento desconocido, ardientemente anhelado».

Bartleby, por su parte, es conducido al manicomio, y la última escena del relato nos lo muestra plegado junto a un muro. El narrador no interrumpe su solipsismo, pero se fija en un detalle inesperado. Junto al muro, surgiendo del cemento del suelo, hay una extensión de césped. Y anota: «Parecía el corazón de las pirámides eternas, donde hubiese brotado, por alguna magia extraña, a través de hendiduras, semilla de pasto que dejaron caer los pájaros».

Son dos relatos extremos, que se suelen citar como ejemplos del absurdo y de la imposibilidad de vivir. Sin embargo, no sé si esto es cierto. Bartleby quiere la permanencia, y Gregorio Samsa busca un alimento desconocido. Ambos, en suma, están abiertos a la significación. Su trastorno no procede de una ausencia de sentido, sino de su proximidad radiante y demoledora. O, dicho de otra forma, están completamente solos, y si nos parecen incomprensibles es porque también ellos parecen tener la cabeza de Orfeo en sus manos y se limitan a mostrarnos lo que poseen.

Ahora tengo que citar un poema de Gottfried Benn. Y quiero que se entienda mi estrategia: Kafka, Melville, Benn. Estoy citando literatura extrema, sobre la que no cabe hacer acusaciones de sentimentalismo. Tratando de curarme en salud, pues sé lo resbaladizo del terreno que piso. Éstos son los versos (la traducción es de José María Valverde):

He encontrado a personas que,
con los padres y cuatro hermanos en una sola habitación,
crecieron, y de noche, con los dedos en los oídos,
aprendieron en el fogón,
se elevaron, exteriormente bellas, y señoriales como condesas,
e interiormente suaves y diligentes como Nausicaa,
y tenían la frente pura de los ángeles.

Me he preguntado muchas veces, sin encontrar respuesta,
de dónde viene lo suave y lo bueno,
tampoco hoy lo sé y ya me tengo que marchar.

Benn fue un poeta analítico y cerebral, con tendencia a lo morboso, cuya poesía le valió la reputación de *enfant terrible* de la literatura alemana. Pero el poeta de la decrepitud, de la putrefacción de los cuerpos, se pregunta al final de su vida por el misterio de lo suave y lo bueno. ¿No es esto una incoherencia? No, no lo es. Creo que la literatura existe para eso, para hacerse esa pregunta que es el verdadero misterio del mundo: de dónde proceden, a pesar de todo, el bien y la dulzura. No creo que pueda escribirse por otra causa mejor.

LA PASIÓN DE CONTAR

El hilo azul

El hilo azul es el hilo de la escritura. El rastro de la tinta sobre el papel blanco, tan semejante al hilo que se emplea para coser. Un hilo que antes que nada es memoria, memoria y promesa de una continuidad. Recuerdo la primera vez que lo tuve en mis manos. Pasó algo que no he olvidado. Yo debía de tener diez u once años, y en mi misma casa, dos pisos por encima del nuestro, vivía uno de mis amigos. Tenía un hermano tres o cuatro años menor, con el que me llevaba muy bien, pues era un niño muy imaginativo y dulce, y a mí me gustaba que se quedara a jugar con nosotros, aunque mi amigo raras veces se lo consintiera. Una tarde me abordó en el portal. Estaba muy excitado y hablaba atropelladamente, saltando sobre las palabras como por un campo lleno de obstáculos. La razón, que por fin, en el colegio, iba a escribir con tinta. En esos tiempos todavía no se había generalizado el uso de la estilográfica, y se seguía utilizando el palillero y el plumín. El momento de empezar a hacerlo era un momento único, que implicaba un cambio, el acceso a un nivel superior, pues los más pequeños sólo podían servirse del lapicero. Los tinteros estaban empotrados en lo alto de los pupitres, y el empleo del plumín exigía responsabilidad y los nervios templados de los relojeros. Pues bien, sus padres acababan de comprarle el palillero y el plumín, y el niño los llevaba en su estuche. No he olvidado su cara al abordarme en el portal para enseñármelo, ni su ilusión por que llegara un momento que finalmente para él no llegaría nunca, pues ese mismo domingo un coche lo mató en la carretera.

Creo que fue mi primera experiencia de la muerte. Y recuerdo que en lo primero que pensé al enterarme del terrible accidente fue en ese plumín y en que no lo podría estrenar. También que, en los días siguientes, al ver el tintero en mi pupitre, la tinta no me parecía la misma. No era ya ese elemento fastidioso del que había que servirse en las tareas escolares, siempre con el riesgo cierto de ir a emborronar el cuaderno, sino otro delicado y extraño que aún esperaba la visita de mi pequeño amigo. Y del que tenía que hacerme cargo. Como si alguien me estuviera diciendo que a partir de entonces yo sería el encargado de tenerla dispuesta para él, aun sabiendo que nunca la podría utilizar. ¿No la podría utilizar? En un relato de Kafka, un hombre recibe en herencia una extraña criatura y el encargo de ocuparse de ella. Y así lo hace. No sabe por qué, pero algo le dice que su vida no sería nada si renunciara a ejercer esa tutela tan incomprensible como delicada.

Creo que en lo más hondo de nuestra vida todos recibimos encargos así, la petición de ocuparnos de tareas que no comprendemos pero sin las cuales nuestra vida tal vez sería injustificable. En la mía, sin duda, uno de esos encargos ha sido ocuparme de ese niño muerto. De hecho, hace unos años, y cuando más me obstinaba en la redacción de mi primera novela (que fue un proceso largo, interminable, y a menudo desesperante), ese niño volvió a aparecer, esta vez en mis sueños. Recuerdo ese sueño con emocionada precisión. En él, yo estaba escribiendo, curiosamente, con uno de aquellos plumines (a pesar de que entonces me servía, en una especie de regresión no premeditada, del lapicero y de la goma de borrar), y al alzar los ojos le veía. Le veía con el mismo rostro que tenía en el portal al enseñarme su estuche. Iba a hablarle, a preguntarle lo que hacía allí, pero él se sentaba a mi lado, en una esquina de la mesa, y me pedía con gestos que siguiera escribiendo. Cada poco me detenía para mirarle. Permanecía con los ojos fijos en mi mano derecha, siguiendo el hilo de la escritura que iba trazando sobre el papel. Tenía que salir un momento y, al regresar, le veía hacer movimientos extraños, los gestos del que ha estado a punto de ser sorprendido y se repliega con precipitación a posturas menos comprometidas. Pero sus labios estaban manchados de tinta. «Se bebe la tinta», pensé al momento, tratando de fingir que no me había dado cuenta. Aún pasó otra cosa. El tintero, por una de esas inversiones tan frecuentes en el mundo de los sueños, en vez de irse vaciando según escribía, lo que a esas alturas me había puesto a hacer frenéticamente, estaba cada vez más lleno, como si escribir no fuera tanto consumir tinta como segregarla. Hacerlo, claro, para que luego mi pequeño huésped pudiera bebérsela. Porque se alimentaba sólo de tinta.

Desde entonces, cuando escribo, no importa que sea en el ordenador, pues las letras son negras y en ellas late la memoria eterna de la tinta, pienso en ese sueño con frecuencia. En ese sueño y en mi vecinito abordándome en el portal. Y me parece que escribir es darle en secreto, a espaldas de todos, de comer. No tanto hacer algo yo como verle tomar el tintero y llevárselo deprisa a los labios para apurar lo que queda. Y contemplar luego en sus labios azules su sonrisa que regresa de la muerte.

La Rama Dorada

Voy a decir algo que puede parecer discutible pero en lo que creo firmemente, que el impulso que mueve al escritor a escribir sus libros es el impulso de la felicidad. Lo es, incluso, cuando el centro de éstos pueda ser la desdicha, o llegue a escribirlos bajo el imperio de la desesperación o el dolor. Cuando su escritura sea una agonía insufrible, o su búsqueda, como quería Kafka, la de esos libros que hagan en nosotros el efecto de una desgracia, que nos duelan profundamente, como si fuéramos arrojados a los bosques, lejos de los hombres.

Homero era ciego, y son numerosas las culturas que han hecho del ciego la figura emblemática del narrador. No es difícil saber por qué. El ciego no ve con los ojos comunes y se le cree capaz, por tanto, de una segunda visión, entrar en contacto con esas fuerzas libres que constituyen la imaginación del mundo. El don más alto de estas fuerzas es la inspiración. Un don que recibimos, pero que en gran medida, como todos los verdaderos dones, debemos darnos a nosotros mismos. Para ello, el centro de nuestro ser debe desplazarse del mundo del día, donde todo es obra exterior, cálculo, instrumentalización, al mundo de la noche, que atiende a lo intensivo, a lo excepcional y a lo incondicionado. Este mundo es el mundo de la imaginación, y, por tanto, el de la literatura. Para la imaginación todo es paisaje interior, fabulación, todos sus datos son incomparables y únicos. Tiene que ver con el deber ser, con el anhelo de una vida en que lo sorprendente y lo prodigioso coexistan con lo banal y lo cotidiano.

Recuerdo ahora una pequeña historia. Una historia real, que tuvo lugar hace años en el aeropuerto militar de Villanubla. Entonces no habían trazado aún la desviación actual y la carretera cruzaba la pista de aterrizaje. Un agricultor se dirigía a un pueblo próximo llevando en su camioneta a una vaca. La niebla, un error inexplicable, permitieron que la camioneta invadiera alegremente la pista justo en el momento en que aterrizaba un bombardero. El choque fue clamoroso. No hubo víctimas humanas, pero la camioneta quedó completamente destrozada y la vaca murió. El agricultor trataba de explicarse lo sucedido cuando los soldados le condujeron al puesto de guardia. Allí le esperaba el coronel. Estaba muy nervioso y le habló de los riesgos inherentes a la vida militar y de lo difícil que era afrontar sin errores las graves responsabilidades que exigía el cumplimiento del deber. Hizo una pausa, y le pidió disculpas por lo que acababa de suceder. Estaban dispuestos a indemnizarle, a hacerlo valorando tanto su camioneta como su vaca en un precio superior al que había pagado por ellos. Sólo le ponía una condición, nadie debía saber lo que había sucedido esa noche en el aeropuerto. El agricultor reflexionó unos momentos, y luego movió la cabeza negando. No podía ser, contestó tímidamente. Prefería quedarse sin nada. Cualquier cosa antes de no contar en su pueblo lo que le había pasado a su vaca.

Cabe preguntarse qué hay detrás de una decisión así, una decisión tan contraria al pragmatismo, al más elemental interés, una decisión que hace que nuestro campesino prefiera renunciar al beneficio que podía haber obtenido a cambio de mantener intacto el derecho a contar su historia. La respuesta no me parece difícil. Creo que la pasión de contar es inherente a la naturaleza humana. Que contar es volver a vivir, pero poniéndose a salvo del desorden propio de la vida. Y que, en el fondo, la verdadera vida no es tanto la que únicamente se vive, sino aquella que al tiempo de vivirse se puede contar, o que se vive contándola. Como si vivir verdaderamente sólo fuera estar contándonos algo. Darnos el don de una historia.

También creo que para que exista una historia es preciso que se tenga el sentimiento de lo prodigioso. No se escribe sin un sentimiento así. Las historias se cuentan porque en algún momento hemos visto brillar sobre nuestras cabezas el resplandor de la Rama Dorada. Todos conocéis ese hermoso pasaje de *La Eneida*. El poeta cuenta cómo Eneas se interna en un tenebroso valle y siguiendo dos palomas se ve sorprendido de pronto por un extraño resplandor. Es la Rama Dorada. Esta rama se vincula con el muérdago. Crece entre las ramas de los pinos, y todos nos hemos sentido sorprendidos alguna vez por su brillo, que es, efectivamente, dorado. Los romanos pensaban que las parejas que se besaran bajo una rama de muérdago permanecían unidas para siempre y que su color amarillo era apto (por magia simpática) para descubrir tesoros enterrados. A Eneas le sirvió para franquear las puertas del infierno, y encontrarse con los muertos, y para nosotros es el símbolo de esa llamada que nos abre el dominio de la imaginación.

Pero quiero que se me entienda. La imaginación no es una huida, sino un compromiso más profundo con la realidad del mundo. No es el palacio, encantado del que nos habla Ariosto en *Orlando furioso*. Este palacio pertenece al mago Atlante y es una trampa en la que caen gran número de personajes de este libro, que de pronto creen ver en sus corredores la figura de lo que han perdido en el mundo, la visión de la mujer amada, de un enemigo inalcanzable, de un caballo robado. Y cuando entran en su busca ya no pueden abandonarle. De forma que es un palacio vacío sólo poblado por los que buscan. La literatura no tiene que ver con este mundo de la evasión. Debe transformarnos, y sobre todo debe devolvernos al mundo. Un personaje del *Orlando* llega a ese palacio provisto de un libro mágico que explica cómo son los palacios de ese tipo; se dirige a la losa del umbral, la levanta, y los corredores se hacen humo. Creo que la función de la literatura es deshacer los hechizos. Demasiados prejuicios nos impiden ver de verdad el mundo, y el arte nos revela el camino que tenemos que seguir para reencontrarnos con él.

Virgilio, aparte de *La Eneida*, escribió *Las Geórgicas*. Era un largo poema destinado a animar a los campesinos a que regresaran a los campos y emprendieran la labor de su cultivo, a cuya composición dedicó siete años de su vida. Siete años dedicados a contarnos cómo debía cultivarse la tierra, las atenciones que requería el ganado o el cuidado de las colmenas. Tratando de hacernos conscientes de la necesidad de luchar contra el caos de lo real. De ofrecernos técnicas de adiestramiento, y de hablarnos, como hacen en el fondo todos los cuentos, de las facultades y aptitudes, que nos serán necesarias en la vida.

La imaginación no se confunde con el castillo de Orlando. Nos enseña a vivir. Es un puente entre nosotros y las cosas del mundo. Por ella aprendemos que la vida es más amplia de lo que nuestras razones y conveniencias creen, y que la misión del arte es devolvernos esas posibilidades incumplidas, contarnos esa otra historia de lo que somos, y ayudarnos a soportar el dolor debido a la separación. Porque la imaginación es una llamada a la totalidad. José Lezama Lima habría escrito: «El impulso alegre hacia lo desconocido». Necesitamos historias que nos cuenten lo que es el mundo y lo que pasa en nuestro interior, pero sobre todo que nos hablen de lo prodigioso, porque la vida es indisociable de la espera y la realización del prodigio.

Una de esas historias es la historia de Atalanta, y me vais a permitir que os la recuerde brevemente. Atalanta no quería casarse porque un oráculo le había dicho que correría un gran peligro si se unía a un mortal. Presionada por su padre, decidió hacerlo, pero sólo con aquel que la venciera en una carrera (Atalanta, amamantada por una osa y criada por unos cazadores, había crecido ejercitándose un día tras otro en la caza y en la carrera, y nadie había que la aventajara en tales actividades). Ya había dado muerte a varios pretendientes cuando apareció Hipómenes, que llevaba consigo tres manzanas de oro que le había regalado Afrodita, y que en plena carrera fue arrojando al suelo obligando a Atalanta a detenerse para recogerlas, con lo que, finalmente, pudo vencerla y desposarse con ella. Atalanta, como la sirenita o tantas criaturas del mundo de los cuentos o del mito, es una de esas criaturas intermedias, no enteramente humanas, situadas en una suerte de limbo, entre la vida y la muerte, más allá de los límites acotados por nuestra razón. Que absorben en su ser los oscuros y peligrosos fenómenos de la vida imbuyéndoles de dulzura. El hombre ha huido de ellas, pero necesita volver a su lado. Desposarse con ellas es desposarse con lo real. Tiene sus riesgos. Es la pregunta de la ratita presumida: «Qué me harás por las noches?». Nosotros somos los pretendientes, y la imaginación es el jardín de las Hespérides, Afrodita dándonos el fruto dorado. Sólo esas manzanas hacen detenerse a la fogosa joven, que es símbolo de nuestra propia alma, nos permitirán vencerla y al estrecharla en nuestros brazos devolverla al mundo.

Hay una versión del mito que aún me gusta más. Atalanta está enamorada y finge un interés por las manzanas que en realidad sólo siente por el muchacho que la persigue. En suma, que si se detiene a recoger las manzanas es para dejarse ganar. Creo que el mundo de la imaginación es ese pacto. Y que la literatura es como la actuación de los magos en los escenarios. Un truco tras otro, fingir que es posible lo que no puede ser. También que todo es un problema de convicción. Kierkegaard dijo que la fe era tentar a Dios, y creo que con la imaginación tentamos al otro. Le hacemos actuar como si esa manzana que le damos fuera de verdad de oro. Y al hacerlo logramos que algo semejante a esa naturaleza áurea pase a todas las manzanas de la tierra.

Es la enseñanza de Don Quijote. Parece un iluso, pero termina contagiando a todos de su locura. De hecho, llega a cambiar las reglas que gobiernan los movimientos de los hombres en el espacio abierto del libro y del mundo. Por eso nuestro campesino no podía aceptar la propuesta del coronel. Esa propuesta negaba la vida, transformando los hechos en una mera transacción comercial. Pero lo que sucedió fue algo más. No es el aeropuerto, el camión renqueante, la niebla y la pérdida de la vaca. Es, sobre todo, la posibilidad de encontrar un sentido a lo que nos pasa, y a través de ello conseguir un poco de cordura. Esa verdadera cordura que, según el dictamen de Chesterton, oponía al dominio de lo instrumental las razones del alma. Creo que se escribe con la vaga ilusión de que el alma hable a través de nosotros. No siempre ocurre: ella cuenta cosas, pero no se puede contar nunca con ella (no es calculable ni previsible). Y el alma busca siempre acortar las distancias. Abrirnos, en suma, al misterio del otro, que debemos encandilar con nuestra historia. Escribimos para que se detenga y nos oiga contar. No importa lo que contemos, sino que esté a nuestro lado y que nos escuche. Porque contar una historia es, por encima de cualquier otra cosa, contemplar el rostro del que la escucha. No conozco otro cobijo frente a la crueldad del mundo que esa contemplación.

El reino de la pequeña altura

«El camino verdadero», escribió Franz Kafka, «pasa por una cuerda que no está tendida en alto sino a un palmo del suelo. Parece dispuesta más para tropezar con ella que para que se la recorra». Un camino que sólo nos separa del suelo unos centímetros en principio intrascendentes. Que no sólo es más incómodo, sino que nada diferente o sustancial parece aportar al que puede seguirse por el mismo suelo. Pues bien, ése es el camino por el que andan los poetas. ¿Pero por qué se empeñan en elegirlo? Esas palabras que buscan en él, ¿por qué habrían de ser distintas de las que emplean los hombres comunes, de aquellas de las que se sirven ellos mismos cuando de regreso al mundo de todos se dirigen, por ejemplo, al quiosco más próximo para comprar el periódico o la cajetilla de tabaco? Y sin embargo, para ellos la vida carecería de sentido si renunciaran a andar en suspenso por ese camino insignificante. Aún más, nada de lo que hacen tiene demasiada lógica y sin embargo, se obstinan en seguir haciéndolo, y en vivir como si sólo así se les pudiera revelar la clave de sus vidas.

Y es verdad que tal empeño no suele ser ruidoso ni casi reclamar atención alguna por parte de los demás, de forma que los verdaderos poetas lejos de molestarnos con sus ocupaciones son como esos niños que se entretienen jugando solos y que a lo sumo hay que recordarles dos o tres veces las cosas antes de que lleguen a hacerlas. Pero, claro, basta que les veamos persistir, que veamos a alguien, sobre todo si es próximo y querido, empleando un tiempo y unas energías que bien podría emplear en cosas más útiles y sensatas, para que inmediatamente nos veamos obligados a inquirir por las razones de su proceder. Y entonces todo serán preguntas. ¿Por qué se empeñan en caminar sobre esa cuerda?, ¿qué buscan? Aún más ¿por qué se exponen a una caída que ni siquiera estará investida de excepcionalidad y que a lo sumo será percibida como un mero traspiés, algo que más bien suscitará la idea del ridículo que la de la catástrofe? Preguntas que se irán acumulando en nuestro interior hasta que tal vez un día nos decidamos a probar a escondidas.

Subiremos entonces a esa cuerda cuando nadie nos vea y trataremos de experimentar lo que sienten. La leve inestabilidad, la pequeña zozobra, tal vez el ridículo de esa pretensión inane. Daremos el primer, el segundo paso, hasta conquistar el equilibrio, y puede que entonces el suelo esté temblando bajo nuestros pies, y que seguir ese camino sea algo así como echarnos a andar sobre el agua, con el riesgo cierto de irnos a hundir con cada paso que damos. Y empezaremos a comprender varias cosas. Por ejemplo, que ese proyecto nos obliga a soportar la tensión del difícil equilibrio, y del doloroso acarreo del cuerpo. A elegir con cuidado el momento en que la planta del pie debe posarse sobre la delgada cuerda, y a la superación de un cierto sentimiento de ridículo, ¿pues qué podríamos contestar si alguien nos descubriera en tal actitud? Y puede que nos empiece a pasar otra cosa. Que aun no sabiendo lo que estamos haciendo algo nos anime a seguir, a prolongar ese empeño, como si en algún sitio, y gracias a esa pequeña corrección en las cosas, nos estuviera aguardando un alimento desconocido. Aún más, que el solo hecho de haber tenido tal sentimiento mientras permanecíamos sobre la cuerda, nos anime otro día a repetir; y después de ese día, volvamos a hacerlo otro más; que esa elección se transforme en una costumbre, y que de pronto descubramos que ya sólo podemos vivir pendientes del momento en que, estando todos dormidos, volveremos a tomar ese camino extraño y andar por él sin hacer ruido, sin que nadie lo note, por las calles abandonadas y los caminos de grava. Y entonces habrá nacido en el mundo un nuevo poeta.

Alguien que, como ha escrito Francisco Pino, cada cierto tiempo tendrá que escaparse de sus amigos, de su familia, de sí mismo, y andar por esa cuerda, sin buscar nada, sin comprender por qué lo hace; subir a ese reino de la pequeña altura. Un reino del que no tendrá gran cosa que contar, y del que una y otra vez volverá tan pobre como fue, aunque con los ojos llenos de lágrimas, como si hubiera visto en él algo que no acertara ni a explicarnos ni explicarse, pero de lo que pareciera depender su destino y el destino de todos los hombres. No creo que ser poeta sea otra cosa, y entonces la pregunta que tendríamos que hacernos es por qué a pesar de todo los reyes, los presidentes, los poderosos de este mundo les abren las puertas de sus palacios y les invitan a entrar. Bien mirado no hay espectáculo más soso ni decepcionante, menos investido de gracia, que el de los poetas a la vista de todos. Y, sin embargo, les abren las puertas de esos palacios y cuando entran todos se quedan en silencio, siempre a la espera de lo que vienen a contarles, algo que éstos nunca podrán expresar con claridad pues no saben lo que es. Tal vez porque no haya gran cosa que decir, y la vida, como escribió Lorca, no sea buena, ni dulce ni sagrada; tal vez porque aquello que todos esperan oír de sus labios no cabe en palabra alguna, o suele escaparse de ellas como lo hace el agua entre los mimbres trenzados de un cesto. Pero aun así basta con que los poetas entren en los salones de esos palacios o esos teatros para que todos sintamos la inminencia de algo que vienen a entregarnos, eso que sólo andando sobre una cuerda tendida a un palmo del suelo puede llegar a ofrecerse. Aunque ninguno sepamos lo que es, y ellos sean los primeros en desconocerlo. No importa. Todos aquellos que los reciben y les abren sus puertas, participan de ese loco empeño, y se elevan sobre sí mismos hasta entrar en ese reino de la pequeña altura. Aunque bien mirado tampoco tengan respuesta para explicar la razón de su empeño ni lo que consiguen al llevarlo a cabo y ya me tenga que marchar.

El pintor de iconos

Charles Dickens escribió un cuento en que un fantasma elegía invariablemente para volver al mundo los lugares en los que había sido desgraciado. Sus apariciones solían ser terroríficas, pues estaba cargado de antiguo odio, hasta que alguien sensato se lo recriminó. Su argumento no pudo ser ni más delicado ni más concluyente. Puesto que puedes regresar de la muerte, ¿por qué no lo haces a los lugares y a los instantes en que fuiste feliz, en vez de hacerlo a aquéllos en que fuiste maltratado? Pensamos que la clave de nuestra vida se oculta en nuestros fracasos y en lo que nunca logramos ver realizado, pero y ¿si no fuera así, y estuviera en lo que sí llegamos a tener, junto a aquéllos con los que fuimos felices? Aún más, ¿no es el sueño que se cumple infinitamente más misterioso que aquel en el que fuimos burlados? O dicho en otras palabras ¿que se cumpla un sueño no es la forma más pura de penetrar en su misterio?

En la versión que de *La bella durmiente* hacen los hermanos Grimm hay un pasaje muy significativo que suele pasarse por alto. Me refiero a aquel en que se habla de la existencia de otros príncipes anteriores al que saldría triunfante de su búsqueda. Príncipes que intentaron lo mismo, pero que perecieron entre las zarzas.

No eran distintos de él. Todos escucharon la llamada del castillo encantado, se encaminaron en pos de la cámara oculta donde dormía la princesa, sólo que lo hicieron antes de que se hubiera cumplido el tiempo de la maldición, y no pudieron trasponer su umbral. Claro que tienen una historia, y una historia que merece ser contada, pero no es verdad que esa historia, y su triste final, sea más interesante que la de aquel a quien tan graciosamente se le ofreció la posibilidad de trasponer el umbral de la alcoba encantada. No son más interesante ni necesarios, sólo fueron más desafortunados. Su confusión en la noche, el sentimiento de algo que se les ocultaba y su empeño en desvelarlo al precio que fuera, incluso de sus propias vidas, cuentan la historia de nuestro corazón asustado, y la de esa ardua tarea de vivir, pero qué duda cabe que la historia que de verdad merece la pena es la otra. No la historia de nuestros fracasos, sino la del paso imantado entre las zarzas, la del descubrimiento del castillo detenido en el tiempo, y la del acceso a la estancia donde una dulce criatura nos aguarda dormida. Esa historia en que por fin nuestros labios se acercan a los suyos y los rozan en un beso que tiene el poder de sanar. ¡El misterio está en ese beso del único, no en la agonía de los muchos entre las zarzas! En el mundo en suma de la posibilidad, no en el de la negación y la pérdida.

¿Pero acaso el misterio de ese beso irrepetible no lo encarnan todos los amantes del mundo? ¿Y si resultara que esa escena tan improbable, no hubiera dejado de repetirse desde que el mundo es el que conocemos, si ahora mismo lo estuviera haciendo en miles de lugares de la Tierra, pues allí donde hay dos amantes abrazados está teniendo lugar otra vez? Fijémonos en esos amantes, todos están viviendo los sucesos que se narran en los cuentos.

Pierden la voz, entregan partes de sus cuerpos, sus harapos se transforman en vestidos de fiesta, han necesitado andar perdidos para poder encontrarse. Y todos, claro, encarnan el misterio de ese beso cumplido por el cual hasta el cuartucho más pobre se transforma en la estancia súbitamente iluminada de nuestro cuento. ¿Cómo podemos decir entonces que su historia no merece la pena ser contada, y que es la de sus desdichas la que nos interesa más? Creo que fue Hölderlin quien dijo que no había un pecado mayor que perturbar la paz de los amantes. Todos estamos de acuerdo pero tal vez no hemos pensado suficiente lo que esto significa. Porque si se trata de un pecado perturbar su paz, es porque entre ellos está pasando algo singular, sutil, que precisa, como la vida de los animales en el bosque, de ese silencio para cumplirse. Kipling tiene un libro precioso compuesto por una serie de relatos cortos en que trata de explicarnos el sentido de las conductas o las morfologías de los distintos animales que existen. Por qué los camellos tienen jorobas; los elefantes trompa, o los tigres están rayados. Al llegar el gato, y para explicar su acechante silencio, afirma que es para contemplar el sueño de los niños dormidos. ¿Y si resultara que la misión de los poetas, su amor a las palabras apenas susurradas, ese atrevimiento que les hace tan semejantes a los ladrones en las noches sin luna, su permanente y loca expectación, fuera tan sólo para contemplar el sueño de los amantes? No es algo improbable, pues ese sueño contiene, como un aleph borgiano, el mundo entero. Y la poesía, como escribiera Jonh Berger, es una llamada a la totalidad.

Me acuerdo de una película que vi en mi infancia: *La increíble historia del hombre menguante*. Trata de un pobre hombre que se ve expuesto a una nube radiactiva y que a partir de entonces empieza a disminuir de tamaño sin que nada se pueda hacer para evitar esa terrible propensión. Llega a hacerse tan pequeño como un pulgar, y su mujer, locamente enamorada, termina por guardarlo en una casa de muñecas. A lo largo de ese proceso todo va cambiando ante sus ojos. Las sillas y mesas son grandes montañas rocosas; el agua que expulsa el grifo, una cascada; las camas, plantaciones inmensas de algodón en flor. Un simple botón un escudo; una aguja una espada. Pero sigue decreciendo y entonces un grano de arena es como un planeta, y el espacio que rodea las cosas no es diferente a la de la noche estrellada. Y todo porque lo pequeño guardaba lo infinito. Los amantes no son distintos. Se parecen al hombre menguante. Se han visto expuestos juntos a esa nube, y disminuyen a la vez, convocando, y ése es el misterio, el mundo con ese retiro. Su reino es un reino diminuto, lleno de asuntos pequeños. Las citas que tienen que preparar, la forma en que se vestirán, los itinerarios que seguirán en la noche. Ese reino contiene el mundo entero: las estrellas, los arroyos, los bosques, los animales. Lo que no puede resultar extraño, pues el amor es un momento inaugural en que se asiste al nacimiento del mundo.

Tal vez por eso, aunque hay muchos tipos de historias y, por tanto, de escritores, los que yo prefiero, siempre me hicieron pensar en los pintores de iconos medievales. Iban por los pueblos y pintaban pequeñas tablas donde aparecían ángeles, vírgenes y niños, grandes santos llenos de barbas, un mundo lleno de animales apacibles, de paisajes diminutos, siempre temblando sobre un fondo dorado. Debía de ser extraño encontrarse con esas tablas, que parecían placas de oro, en aquel mundo de extrema necesidad. Unas tablas que nada o poco tenían que ver con la vida que los campesinos llevaban cada día, y que sin embargo éstos contemplaban llenos de expectación y de maravilla. Me imagino asistiendo a esos instantes, los de los campesinos o sus pobres mujeres contemplando casi a escondidas esos delicados paisajes. A la mirada que iba descubriendo poco a poco lo más familiar, en aquellas escenas tan ajenas. Por ejemplo, cómo el rostro de la virgen recordaba el de una lavandera de un pueblo cercano; el de un santo, al del carpintero; los animales, árboles y pájaros, hasta el pequeño río, los montes que se dibujaban en el horizonte, a cuantos animales, árboles, pájaros y montes tenían allí, sólo que formando parte de otra realidad. Una realidad distinta. ¿Era tan extraño o pensaban que el mundo era como le veían representado en esas tablas? «Claro, ha pintado nuestro pueblo, nos pinta a nosotros; es el único que sabe quiénes somos de verdad», debían de decir. «No lo que somos ahora, sino lo que debimos ser». El narrador también pinta ese deber ser. La literatura nos ayuda a luchar, como quería Pavese, contra las afrentas de la vida, pero también debe devolvernos intacto el esplendor que ésta tuvo en su origen. Por eso escuchamos sus historias, tratando de recuperar ese esplendor.

Las malas compañías

La psicología, cuando estudia la evolución del niño, distingue un estadio que llama de la permanencia del objeto. Es el estadio en que el niño descubre que las cosas existen más allá de su percepción, y que no basta, por ejemplo, con dejar de ver algo para que esto se esfume de la Tierra. El niño tarda varios meses en alcanzar la madurez que le permite ese conocimiento. De forma que si a un bebé le ocultamos con una manta el juguete que tiene ante sí reaccionará como si dicho juguete hubiera desaparecido. Cuando alcanza ese estadio, aprende que el juguete sigue existiendo. Existe en su pensamiento, tiene una realidad a la vez física y mental, y esa realidad doble le hace buscarlo y descubrirlo en el mundo que llamamos objetivo. Su representación es el puente entre su pensamiento y el mundo.

¿Pero qué pasa con esos objetos que aun estando en nuestro pensamiento no se encuentran en el mundo? Pensemos, por ejemplo, en lo que pasa con la pérdida de un ser querido. Visitamos los lugares en que antes nos encontrábamos con él y no le hallamos en ellos, pero ese fracaso no le aparta de nuestro pensamiento. Aún más, llega a ocupar ese pensamiento como nunca antes lo hizo, pero no encuentra ese tránsito afortunado que le llevaría a situarse en el mundo de nuestras percepciones. La muerte afecta a la ocupación de ese tiempo terrenal, pero no al existir mismo de la criatura. Porque una de las características esenciales del pensamiento del hombre es su incompatibilidad con la muerte. ¿Quién sabe por qué? Tal vez porque accedió en su remota infancia a ese estadio de la permanencia del objeto, y una vez que algo se ha formado en su pensamiento su propia naturaleza le impide aceptar que pueda desaparecer para siempre.

¿Cómo se relaciona con esos objetos ausentes? A través del lenguaje. El lenguaje surge del trato con esa cadena de desapariciones que constituye el sustrato de toda vida. Por las palabras recuperamos lo perdido, y abrimos una vía de penetración e intercambio con ese doble ignorado que, semejante a una sombra, cada uno de nosotros arrastra tras de sí. Es para acercarnos a él por lo que empezamos a hablar. Detengámonos ante un niño y su madre. Se miran, emiten sonidos, juegan enredando sus miembros, el mundo entero parece estar contenido en ese intercambio de las caricias, y en esa mezcla de las voces. Pero no es así, porque para ambos el otro está tejido de ausencias. Para el niño, porque desde el primer momento de su vida ha tenido que aceptar las repetidas ausencias de su madre, y enfrentarse al dolor de su desaparición; para la madre porque ese niño que tiene en sus brazos es una criatura híbrida, que pertenece al mundo de las percepciones y los datos reales, pero también al otro, el de sus pensamientos y anhelos más profundos, es una criatura que se sitúa en esa zona intermedia que hay entre la imaginación y la realidad. Por eso muy pronto necesitan hablar entre ellos. El niño querrá preguntarle no sólo por esa que encuentra y puede acariciar cuando se inclina sobre su cuna, sino por la que es cuando no está a su lado. La madre sentir en ese lenguaje balbuciente de su niño el temblor milagroso de los aparecidos.

Pirandello aconsejaba mirar las cosas con los ojos de los que ya no están. Esa era para él la mirada poética, que no sería nunca la mirada de la que uno es sujeto, sino esa otra que sin darnos cuenta ponen los demás en nosotros. Mirar desde el lugar del otro, esa es la raíz absoluta del arte. El niño querrá mirar desde los ojos de su madre que se aleja, los enamorados desde los de aquél o aquélla que constituye el sólo objeto de su interés. Ese deseo les lleva a la imitación. El niño aprenderá por ella todo lo que luego constituirá su mundo; los verdaderos amantes llegarán a ser parejas de dobles. No estoy hablando metafóricamente. Bastaría que nuestro cuerpo tuviera una plasticidad mayor, que su materia fuera sensible a esos juegos sutiles de la mirada para que pudiéramos ver las calles llenas de parejas de iguales. Son como dos gotas de agua, se afirma cuando dos se quieren bien. La biología no dice otra cosa. El cuerpo de los delfines imita el brillo y la velocidad de las olas, los movimientos de las jirafas el temblor de las enramadas, la humedad del lagarto el resplandor del agua corriendo por la arena. De eso habla el mundo del mito, de ese intercambio de formas, de esa imitación constante, que lleva a unas criaturas a tomar rasgos y facultades de las otras, a actualizarlas en su propia materia escondida, como en esa película sensible que en las cámaras fotográficas se guarda la memoria sucesiva del mundo.

La vida es esa sucesión de encuentros e intercambios, y al final el cuerpo de cada uno no es sino esa mezcla apresurada entre los sucesivos cuerpos que hemos ido teniendo al vivir. Basta de hecho con proponérselo para poder percibir sin esfuerzo un fragmento aún vivo de aquellos cuerpos que fuimos en ciertos momentos de nuestra vida. El cuerno con que velamos en la noche el cuerpo delicado de un recién nacido; las aletas con que descendimos al lecho de un amor, las membranas con que tocamos la frente de alguien que acababa de morir. Somos la suma de todas esas criaturas no por desaparecidas menos reales que los objetos y los seres que pueblan nuestro mundo actual.

Creo por ello que el verdadero narrador no es distinto a esos naturalistas empeñados en reconstruir la vida y las costumbres de animales remotos, que lo hacen con el convencimiento de que lo que cuentan es tan real y comprobable como las líneas que dibujan en los mapas atmosféricos la dirección y el ímpetu de las borrascas, o las listas horarias que fijan en las estaciones las salidas puntuales de los trenes. Esa confusión, se percibe sobre todo en los niños, que nunca tendrán completamente claro al escuchar un cuento que aquello que se les cuenta no es real. O mejor dicho, aun aceptando que no lo sea siempre estarán dispuestos a ver en la imaginación una aptitud no menos cierta que las otras, la aptitud que les permite ver más allá de lo conocido y aceptar por tanto la excepción. Por una causa bien simple, porque para el niño el mundo está abierto. Cada acción es un comienzo, el inicio de algo distinto, de imprevisible desarrollo. Acepta la excepción, el prodigio, porque vive inmerso en él, porque su ser mismo es comienzo, andadura, dirigirse no sabe a dónde, ni por qué. Los narradores tampoco lo saben. Narrar es un acto de fundación, pero sobre todo de obediencia. Obediencia no a lo ya conocido sino a lo que escapa por los resquicios de esa red que llamamos realidad. De eso mismo hablan los cuentos, cuya máxima función es revelarle al hombre que no es dueño de su destino, y que sólo puede vivir verdaderamente aceptando esa vida que le ofrecen ciertas compañías extrañas.

Andar sobre las aguas

En la vida de san Pedro Regalado, santo al que el poeta vallisoletano Francisco Pino dedicara en los años cincuenta uno de sus libros más insustituibles, hay varios episodios maravillosos. Solían tener lugar cuando el santo se arrodillaba para sus rezos, y al salir de su trance se descubría en los lugares más insólitos, pues los ángeles le transportaban de un lugar a otro sin que él llegara a darse cuenta de cuándo ni cómo lo hacían. Otro de ellos, y es mi preferido, fue cuando cruzó el río Aza directamente sobre las aguas. Iba ensimismado, temiendo llegar tarde a una cita, y no reparó en que el cauce del río se interponía en su camino. Lo atravesó como si tal cosa, llevándose a la apacible mula detrás, que también, descabezada como todos los niños y los animales, anduvo sobre las aguas sin mayores problemas. Pues bien, irse no se sabe por dónde, andar sobre las aguas, es propio de esa rara especie de atraviesamuros a que también pertenecen los verdaderos poetas, que son traídos y llevados por las palabras, como san Pedro Regalado, lo fue por los ángeles.

El propio Pino en una hermosa conferencia dada hace años, que tituló *La invisibilidad de Castilla*, nos habla de uno de esos atraviesamuros. En este caso se trataba de una mujer, la mística Javiera del Valle. Sale de su casa, en un estado de profundo ardor, y se dirige hacia uno de los pueblos próximos arrastrada por inefables anhelos. Se encuentra con unos vecinos, y teme que la vayan a conocer (lo que la obligaría a volver en sí para responder a su saludo). Pero pasa a su lado sin que éstos se den cuenta de quién es, ni que aparentemente lleguen a verla. Ese descubrimiento la lleva a un gozo tan extremo que de pronto ya no puede andar por el camino, ya no puede llorar en silencio. Y sin poderse contener se echa a correr por el campo dando voces y gritos. Pino habla de un proceso de sobrenaturalización. La mística se confunde con el paisaje, que la arrebata a su invisibilidad. ¿Pero no es esa en cierta forma la imagen del poeta, la de aquél que ya no está en el camino? También el poeta es llevado por los aires, no sabe dónde está. Ha pasado a formar parte de esa sobrenaturaleza que es el reino de la poesía. Pero la poesía no nos aparta del mundo, y este es el verdadero misterio. Por la imaginación accedemos a la realidad (como si la imaginación fuera esa nostalgia del presente de la que siempre habló Juan Ramon Jiménez). Nostalgia del presente porque la imaginación es el recuerdo de lo que nunca sucedió, en la medida de que nada sucede como debe. Un tipo de consciencia que, como quería Kafka, nos exige algo imposible para nuestra lógica, la certeza de que hemos sido expulsados del paraíso y de que pertenecemos a la vez eternamente en él.

Recuerdo ahora una noticia tan encantadora como extraña. El titular hablaba —en bromas— de una niña de dos años fugada de casa. Fue hallada varias manzanas abajo y nadie pudo explicarse cómo pudo recorrer en tan poco tiempo una distancia semejante, ni cómo se las había arreglado para superar los sucesivos obstáculos —puertas, escaleras, bancos— que necesariamente tuvo que encontrarse al hacerlo. Al leer esa noticia pensé al instante en una vieja película de mi infancia. *Garú, Garú, el atraviesamuros.* Nunca olvidaré la primera escena. Garú es un oficinista insignificante que regresa a su casa después de una jornada agotadora en su oficina. Tiene el zapato desabrochado y se detiene para anudarse el cordón. Al hacerlo se cuela por la pared en la que se apoya, y se descubre en una habitación interior, donde una hermosa mujer se está terminando de poner las medias. Retrocede tan maravillado como lleno de vergüenza, y vuelve a encontrarse en la calle en la misma situación que antes. Sólo que ya nada es lo mismo, pues acaba de hacer el descubrimiento que cambiará su vida. Tiene el poder de atravesar las paredes sin inmutarse, ni causar el mínimo daño.

No recuerdo el posterior desarrollo de esta película, que sin duda hoy juzgaría insignificante, pero sí que al leer la noticia de la niñita fugada de casa pensé en ella de forma inmediata. ¿Cómo si no pudo abrir la puerta exterior, cómo bajar las sombrías escaleras, encontrar el camino de la calle y continuar sin ser notada hasta el pequeño parque donde finalmente la hallaron? No hay una respuesta lógica (como sucede tantas veces, por otra parte, con la conducta de los niños) y tal vez por eso pensé al instante en aquel remoto e insignificante personaje que atravesaba los muros. José Lezama Lima cuenta como en algunos pueblos de Asia cuando alguien fallece se elude sacar su cadáver por la misma puerta por la que entran y salen los vivos. Practican un agujero en la pared y le sacan por allí, como queriendo representar así ese tránsito insólito de la vida a la muerte, el acceso a través de él a un orden distinto, a una nueva causalidad. Creo que esa idea, la idea de que en ciertos instantes de privilegio, o de inconsciencia, podemos atravesar limpiamente los muros —como hacía Garú—, remite a la certidumbre de que nuestra vida no se agota en esos límites que definen y hacen posible nuestro ajuste al medio más ordinario.

Esa certidumbre por eso es la del poeta, y también la de todos los niños. Walter Benjamin dice que la primera decepción del niño no la sufre cuando comprueba que los adultos son más fuertes que él sino que él no puede hacer magia. Esa renuncia a la magia implica, según ha explicado Fernando Savater, volverse hacia el propio interior en busca de lo portentoso. Los poetas realizan esa misma elección, y por eso son como niños que juegan. No porque estén reivindicando la magia y negando el mundo exterior, sino en cuanto hallan sin darse cuenta esos accesos inesperados. El poeta, como el amante o el niño, es siempre un atraviesamuros. Y tal vez incluso puedan dividirse los hombres en dos grupos: en aquéllos que tienen a menudo esa certidumbre (la de esos tránsitos inesperados, y el acceso por ellos a verdades desconocidas anteriormente), y en aquellos otros para los que la vida siempre es previsible, y para los que todos los caminos están trazados de antemano antes de comenzar a andar. Ni que decir tienen que la poesía no está destinada a estos últimos. Es una lástima, no saben lo que se pierden.

Las ínsulas extrañas

Uno de los temas que más se reiteran en los cuentos para niños de Isaac Bashevis Singer es el de la relación del hombre con el animal. Una relación en la que el animal es visto con una mirada fraterna y compasiva, como una criatura también sujeta a ese destino de necesidades y sufrimientos que es propio de todo existir. Sin embargo, y frente a la concepción, tan frecuente en el folklore, del animal como mediador, un guía que señala el camino a seguir, y revela los medios para recorrerlo, en los cuentos de Singer predomina una visión igualitaria que hace del animal un compañero, y hasta —llegado el caso— un interlocutor. Es cierto que investido de unas cualidades especiales, dado que aún se conserva en ellos algo de esa condición originaria que les permitía anunciar acontecimientos o revelar filiaciones imprevisibles (en uno de los cuentos de Singer un ciervo anuncia al llegar a una casa que su dueña concebirá un niño en esos días, y en otro un cerdito regresa después de muerto para consolar a su amiga); pero nunca en mayor medida en que alguna de esas cualidades inaugurales puedan darse en una criatura humana y real.

Porque es el mito de la expulsión del paraíso, el mito básico sobre el que Singer construye toda su obra, una obra que habla de la vida en el éxodo, y del afán del hombre por alcanzar un destino en la Tierra que esté a la altura de esa memoria perdida. Los animales le acompañan en esta diáspora, y son víctimas también de padecimientos, presas del mismo sinsentido; pero también participantes activos en esa búsqueda, la de la verdadera identidad.

Pero detengámonos en uno de estos cuentos inolvidables: *Zatle, la cabra*. *Zatle* ya es vieja y sus dueños le encargan a uno de sus hijos que la lleve a la ciudad para vendérsela al carnicero. El niño ama a esa cabra, que le ha acompañado desde su nacimiento, pero entiende a la vez que sus padres están cargados de razones al pedirle ese sacrificio, y se pone en camino llorando. Poco después se declara un temporal. Nieva hasta cubrir los campos y los caminos, y los dos se pierden. Están a punto de morir de frío cuando descubren un pequeño túmulo. Es un montón de paja, y abriéndose paso en la nieve hacen un hueco para refugiarse en su interior. Allí pasan tres días. La cabra se alimenta de las paredes y el techo de la cabaña, y el niño lo hace de su leche. Durante ese tiempo habla con ella como si le pudiera entender. Finalmente se calma la tempestad, y salen sanos y salvos. Regresan al pueblo, donde sus padres, que les creían muertos, les reciben alborozados. Y como es lógico ya nadie piensa en vender la cabra, que pasa a ser un miembro más de la familia y permanece plácidamente en la casa hasta el final de sus días.

La imagen del niño y de la cabra andando por los caminos es la imagen del éxodo. No tienen a dónde ir, peregrinos del reino de la necesidad deben representar hasta su término el oscuro ritual de la supervivencia. Pero también (y este es el mensaje de todos los cuentos verdaderos) en el éxodo, en ese deambular sin destino, cabe la maravilla, esa posibilidad de prodigios que es siempre la marca de la creación. En los cuentos de los niños siempre se ha mantenido la idea del mundo como creación, y el sentimiento asociado a esa idea de una naturaleza escondida más allá de lo visible. Como si el paraíso no hubiera sido separado del mundo, sino que subsistiera en él, sólo que como reino interior, escondido, al que sólo en circunstancias especiales («no todos los días suceden milagros» está escrito en la Genará) pudiera accederse. Estos accesos, estas entradas secretas, son uno de los lugares centrales de los cuentos. Son «las ínsulas extrañas», a que se refirió San Juan. El acceso es súbito, inesperado, y una vez que se lleva a efecto todo cambia para siempre para quién lo realiza. Una de esas «ínsulas» es el montón de paja del cuento de Singer. En ellas todo es posible: alimentarse de cualquier cosa, el diálogo entre los animales y los niños, burlar a la muerte.

Estas ínsulas existen. Los amantes las encuentran, también los pájaros, que construyen en ellas sus nidos, o los escritores cuando llegan a escribir con palabras verdaderas. Son el lugar de la propagación, y el acceso a ellas va unido a la experiencia de la fertilidad. Todos los que las visitan lo saben, y es el riesgo que inevitablemente deben correr (el riesgo, porque lo difícil es lograr que lo allí concebido pueda encontrar a la vuelta acomodo en este reino de la necesidad y el desdén). Para eso existen los cuentos. En los cuentos se guarda la memoria de ese acceso, y de lo allí revelado, y es escuchándolos una y otra vez cómo el hombre aprende a hacerse cargo de esa herencia tan dulce como terrible (terrible porque esa revelación sólo puede referirse a la belleza del mundo, y la belleza es siempre una cualidad de lo que tiene que morir).

Singer escribía mientras un número indeterminado de periquitos sobrevolaba libremente su mesa y sus hombros, y no era infrecuente verle en los parques rodeado de palomas, a las que iba a alimentar cada día. Era, además, vegetariano, llevado por la profunda convicción de que matar a un animal (aun con la intención de ir a alimentarse con su carne) es un crimen injustificable, un acto de traición, cuando no de desdén, hacia ese antiguo estado natural en que unos y otros (hombres y animales) no vivían en una situación de subordinación sino de dependencia y reconocimiento mutuo. Hay en todos sus libros un mensaje inequívoco: es necesaria una mirada interior. Nada es lo que parece, y más allá de lo que vemos cada día, de lo puramente fáctico, existe una realidad oculta de la que apenas sabemos nada, pero hacia la que debemos encaminarnos. No sólo eso, sino que son casi siempre los más débiles los que guardan el acceso que nos lleva hasta ella. Esa ética de la inversión tiene en Singer una clara raigambre judía. El ángel de las buenas nuevas, nunca aparece en los relatos judíos en su forma de ángel; y el Mesías, según el Talmud, habría de aparecer montado en un borrico, y vestido de harapos.

Aceptar esto es situarse en el corazón mismo del prodigio. Elías fue uno de los profetas, y uno de sus milagros más hermosos fue la resurrección de un niño, sobre el que se tumbó para devolverle la vida; y el padre de Singer era un rabino piadoso que llegó a pensar que podría conseguir el obrar milagros. Singer lo hizo al escribir. Sus cuentos son pequeñas obras maestras que nos iluminan acerca de ese deambular por la Tierra, y nos enseñan el camino tan misterioso y extraño de la alegría.

La importancia que se concede en ellos a los animales y a los niños da cuenta de su confianza en que sólo los que no detentan poder alguno, ni tienen casi nada, aquellos a los que apenas se ha concedido la palabra, pueden revelarnos el camino que conduce a ese reino secreto.

El zueco de piedra

En uno de sus artículos sobre arte John Berger nos narra un encuentro con su amigo, el director de cine suizo Alain Tanner. Berger acaba de ver en televisión un programa sobre el actor alemán Bruno Ganz, y está furioso porque Ganz sólo ha hablado de sí mismo y de sus humores. «¿De qué esperabas que hablara si no?», le contesta Tanner. «¿Sigues esperando que la gente hable del mundo? A estas alturas, nuestras personas son el único tema de conversación que nos queda». «No podía estar de acuerdo con él», anota Berger, que enseguida pasa a hablar de la existencia humana como una tarea nunca finalizada, estrechamente vinculada con lo que él llama «la producción del mundo». Es una de las ideas centrales, y más fecundas de la obra de Berger. El mundo no es un lugar cerrado, sino en continuo proceso de construcción y de cambio.

Y, efectivamente, toda la obra de Berger tiene por centro absoluto este continuo acto de creación, esa producción interminable de significado frente a la nulidad de las cosas, que caracteriza a la vida del hombre. Es una idea, a pesar de su acendrado materialismo, de indudables connotaciones religiosas. Nuestro tiempo sigue siendo el del Génesis, y el mundo entero es una creación. Esa creación no está concluida, y el hombre debe participar abiertamente en su desarrollo. Depende de él que todas sus potencialidades se activen. El trabajo tiene que ver con esa tarea, pero también la imaginación. Aún más, trabajo e imaginación no pueden separarse. Un campesino que ara y siembra los campos, no se limita a remover la tierra, sino que se sitúa en la perspectiva de una producción potencial más deseada. El ciclo del descanso, el ritmo del trabajo y del sosiego, es también una aventura mental.

Pero ¿quiénes somos realmente, qué significa el amor, la muerte, el nacimiento de los niños? ¿Por qué existen la montaña y la nieve, los caballos, la noche y el viento, la música, el aguardiente y la mujer? Esas preguntas sólo pueden responderse contando una historia. Y todas esas historias juntas, las que hablan de las peleas, las batallas legales, los inventos y las parejas en el bosque, participan de la construcción del mundo tanto como la roturación de los campos, la búsqueda de pastos en las laderas de los montes, o el trazado de las acequias. Forman parte de esa actividad común. ¿Qué nos dice esa actividad, esa memoria siempre vigilante? Que hay una continuidad entre el hombre y el mundo. Que un establo puede ser como el interior de un animal, y que el fogón brillante que una mujer acaba de limpiar recuerda a un caballo negro recién cepillado.

El mundo es indisociable de esos nombres que damos a las cosas o a las acciones, con que expresamos el dolor y la felicidad. Por las palabras podemos perder o ganar la vida. Y eso hacen todos los personajes de Berger, dar nombres. Una mujer se refiere a la nieve como si fuera un alimento incomestible, un grupo de pájaros que vuelan a la altura de las manos hacen pensar a un grupo campesinos jóvenes en los ojos y en los nombres de las muchachas que suben a visitar. Otro de los personajes de *Puerca tierra* sale en plena noche alertado por un ruido violento, y cuando regresa dice: «Está todo tranquilo como un estanque». Esta manera de hablar no es un adorno, sino la forma de demostrar esa continuidad entre lo real y lo imaginario. Forman parte de su anhelo de realidad.

Es sin duda una de las características de la obra de Berger, no se limita a contarnos algo, sino que lo hace de forma que nos sentimos concernidos por lo que cuenta. Nos ayuda a vivir. Nos acompaña, nos ofrece consuelo. Su obra es comparable por eso a la de todos los grandes moralistas: los que tienen, en palabras de Camus, la pasión del corazón humano. Berger forma parte sin duda de esa larga tradición de grandes moralistas, que desde Cervantes o Stendhal, se dan en el mundo de la novela. Porque sólo los novelistas, en la medida en que solo la novela se mantienen fiel a lo particular, es decir que no legisla, pinta, son los auténticos moralistas.

Veamos una de sus historias. Un niño se encuentra con un zueco de piedra. Está en el patio y un día le pregunta a su abuelo por su significado. Tienen efectivamente una historia, y el anciano se pone a contársela. Lo puso allí su padre, le dice. El huyó de joven a la ciudad, y antes de abandonar el pueblo le robó a su padre los zapatos nuevos. Ese zueco significaba que le había perdonado. Nadie podía llevárselo, y era su forma de decirle que le seguía esperando y que los zapatos que se llevó no tenían ninguna importancia.

El niño toma a su cargo ese zueco. Se comporta como los escritores. Guarda esa memoria, limpia el zueco de piedra como el escritor las palabras. De hecho, no es distinto a las palabras con que ellos nombran el pueblo, el río, los animales, las montañas. Dicen lo que sucedió, y aseguran que no todo está dicho, y que la vida no está terminada de contar. O mejor dicho, que es la vida la que cuenta y que nosotros debemos escuchar sus historias. Estas historias no explican la realidad, se añaden a ella y la hacen cambiar. Pero es importante saber escucharlas, hacerlo hasta el final, hasta que la última de sus palabras ha sido pronunciada. Nos dicen una cosa, que se pueden soportar las mayores desgracias (de la misma forma que el campesino se enfrentó al dolor de la fuga de su hijo tallando aquel zueco en la piedra) si se ponen en una historia o si se cuenta una historia sobre ellas. Las historias nos revelan el significado de aquello que de otra manera seguiría siendo una secuencia de insoportables acontecimientos. Pero no son sólo una obra defensiva, no sólo existen para ofrecernos consuelo, sino para captar las esencias. Son una forma de compromiso más hondo con lo sucedido.

Pero el zueco de piedra también implica una advertencia: sé leal a la vida, acepta lo que la vida te da, demuestra que mereces lo que sea recordándolo y analizándolo, repitiéndolo en tu imaginación; ésta es la única forma que existe de mantenerte con vida. La recompensa de contar así las historias es poder dejar ir. Porque como escribió Isak Dinesen: «Cuando el narrador es leal a la historia, allí, en el final, hablará el silencio. Allí donde se ha traicionado la historia, el silencio no es otra cosa que vacío. Pero nosotros, los fieles, cuando hemos dicho nuestra última palabra, oiremos la voz del silencio».

Esa es la recompensa, escuchar la voz del silencio. Ese zueco contiene esa voz. John Berger habría escrito: es el lugar del perdón.

El hombre de la maleta

A Juan Marsé

El pintor mexicano José Luis Cuevas carga su equipaje en el aeropuerto de México DF. Un hombre, al que no conoce de nada, se dirige a él y le dice: «Te voy a ayudar a llevar tu equipaje. Toma mi maleta, es más pequeña». No sirven las protestas, pues enseguida hace lo que dice. Ya en el avión, Cuevas le pregunta: «Pero usted quién es?». Y él responde: «Yo escribía. Soy Juan Rulfo». La anécdota está recogida en una entrevista que José-Miguel Ullán hiciera a Cuevas hace unos años. Éste confiesa que es su primer contacto con Rulfo, con el que luego compartiría una larga y cálida amistad.

Pero detengámonos en esa escena. Rulfo no sólo ayuda a alguien a quien no conoce de nada, sino que elige la maleta más grande, la que a éste más le cuesta llevar. El gesto es cuanto menos extraño. O dicho de otra manera, responde a un deseo de servir, pero tiene a la vez un aura de hecho inexplicable, o que sólo parcialmente podemos comprender. Juan Rulfo no sólo es en esos momentos mayor que Cuevas, hay entre ellos una diferencia de dieciséis años, sino que es un escritor famoso. Lleva años sin escribir, es cierto, pero sigue siendo celebrado por todos como una de las grandes glorias nacionales (en mi opinión merece aún más altos calificativos, pues no creo que, en el ámbito de nuestra lengua, haya narrador en este siglo que se le pueda comparar). Y sin embargo, su comportamiento es el comportamiento de la invisibilidad. O dicho de otra forma, no actúa para darse a ver, lo que sería absurdo en su caso, y mucho menos con un gesto como éste, sino desde la posición del que nada reclama para sí. Los manuales de urbanidad abundaban en consejos de este tipo. En el autobús había que dejar el sitio a ancianos, impedidos y señoritas; en las puertas, tanto de lo mismo. Ceder uno su propio asiento, su propio lugar en la puerta, bien pudiera ser como el gesto de Rulfo, dar preeminencia al otro, acudir en su ayuda sin pensar en nuestras propias incomodidades. Claro que en estos casos también se trataba de otra cosa. Respondía a ciertos usos sociales, y era una forma de diferenciarse, de recabar la pertenencia a una clase, a un club de privilegiados o exquisitos. El Club de la Pala de Pescado. No somos como vosotros, nos dicen los miembros de ese club cuando toman la pala del mantel.

No es ésa la educación de la que hablo. El educado es el que no se da a ver. Su gesto, por tanto, debe pasar desapercibido, salvo para aquellos que lo viven. Nada que ver con los que se reiteran en los manuales de urbanidad (por cierto, hoy tan al uso). Los personajes de Robert Walser que estudiaban para criados, o el propio Robert Walser aceptando los trabajos del más humilde escribiente, pertenecen a este tipo. Escribía las palabras de otro; no quería ser nadie, sólo un cero. Kafka también quiso lo mismo. Su obsesión por la delgadez, por las criaturas pequeñas, que buscan los resquicios, encubre el mismo deseo de desaparecer, o escapar. Kafka está obsesionado por la delgadez, Robert Walser por ser un cero, Bartleby, el singular escribiente de Melville, por ser olvidado. Son seres extraños, parecen venir de otro mundo, y sin embargo nos conmueven como pocos logran hacerlo. Tampoco los entendemos. Su caso es distinto al de los santos, pues no buscan humillarse, ni aleccionar. Y, por supuesto, están en las antípodas de los hombres de mundo, para los que el comportamiento educado es una variante de los protocolos. Recuerdo haber asistido en un ayuntamiento a una escena en que varios próceres locales se disputaban el lugar que habrían de ocupar a la hora de cargar el ataúd de una célebre escritora. Según parece, el protocolo estudia casos así. Es un problema de la estética del poder. El que carga el ataúd, lo que quiere es significarse, hacerse presente. Quiere un lugar de preeminencia. Nada que ver con Rulfo. El educado no sabe lo que hace. Ve un ataúd en el suelo y comprende que alguien tiene que cargarlo, y cuando se quiere dar cuenta ha prestado sus hombros. Es el que nos presta su hombro, sus manos, su sexo, su boca. Hace eso por un afán de ayuda, pero también por una decisión inexplicable. Rulfo no sabía a quién cogía la maleta, tampoco, por supuesto, que aquel gesto suyo fuera a recordarse hoy. Hay que sorprenderle, se escurre. Hace lo que tiene que hacer y se va. Quiere pasar desapercibido, es un cero. Y, sin embargo, ¿por qué nos conmueve así?, ¿cuál es la razón del efecto supremo que sus gestos tienen sobre nuestro corazón?

Basta, en efecto, imaginar a Rulfo cargando la maleta de José Luis Cuevas para que los ojos se nos llenen de lágrimas. Hay en *Mi tío*, la conocida película de Jacques Tati, un instante como ése. Monsieur Hulot toma un pequeño atajo, a través de un solar olvidado, y se tropieza con un ladrillo, que accidentalmente hace rodar por el suelo. Le vemos detenerse, tomar con delicadeza el ladrillo y volver a colocarle en su sitio. Pasa por allí, pero no quiere que se note. Al contrario que la mayoría de los mortales, no quiere dejar huella alguna de su paso. Podríamos decir que es de una educación exquisita.

Recuerdo a un antiguo compañero. Era apocado y tímido y, cuando empezamos a ir a la universidad, siempre le veía desaparecer a la salida de clase. Intrigado, decidí vigilarle. Y lo que pasaba era casi increíble. Incapaz de interrumpir el flujo animado de sus compañeros, sólo se decidía a traspasar el umbral de la puerta cuando todos habían salido. Me pregunto qué habrá sido de él; también por el valor de estas extrañas conductas, su poder para conmovernos. Y de pronto, creo encontrar una posible respuesta. Es lo que pasa en los rescates, me digo. Esos niños que son arrebatados a los pozos, esos montañeros que regresan. Todo palidece a su alrededor. Las cámaras se acercan a ellos y es como si todo lo demás, salvo ellos mismos (al revés que en una película de Woody Allen), estuviera borroso. Me acuerdo de una película de los años treinta, *El hombre invisible*, de James Whale. No voy a recordar su argumento, extraído de la célebre novela de H. G. Welles, sino sólo ciertas escenas. Aquellas en que su protagonista, que ha conseguido la invisibilidad a través de una fórmula largamente buscada, se mueve en los escenarios cotidianos. En una de esas escenas le vemos en un bar. Los objetos vuelan. Un vaso de agua se desliza sobre la mesa, los cubiertos saltan al aire como peces en un estanque. Nunca los habíamos visto así. Tampoco la silla que se cae, las pisadas en la nieve, la chaqueta tersa de ausencia. Y me digo, sí, ésta es la función de esos seres, los que buscan la invisibilidad, los que se empeñan en cargar nuestras maletas, darnos a ver el mundo. Sin mediación, sin propósito; suspendido en su punto de mayor luz.

También me digo, así deberían ser los escritores. Deberían desaparecer detrás de las palabras. Que ésa fuera su misión, desaparecer ellos para darnos a ver las palabras. Que abrir un libro fuera como asistir a la escena en que el hombre invisible estaba en el bar. Sólo que aquí lo que veremos no serán los vasos y los platos moviéndose solos, sino las palabras de todos. Entonces podríamos decir, qué escritor más extraño, más educado. Se parece a Rulfo arrastrando por el aeropuerto la maleta de un desconocido.

Ala de cisne

Ana María Matute escribió hace años un hermoso prólogo a un libro de Andersen. En él recordaba uno de los cuentos más famosos del escritor danés, *Los cisnes salvajes*. Un rey tenía once hijos y una hija. Todos eran felices hasta que un buen día el rey decide volver a casarse. Lo hace con una mujer ambiciosa y ruin, que sólo vive para quitarse de encima a sus hijastros. Tiene poderes maléficos y les transforma en cisnes. Sólo se salva la niña, que en esos momentos no está en el palacio, pero a la que luego se arregla para expulsar también del país. La niña vaga desesperada por bosques y parajes sombríos hasta que un día recibe la ayuda de un hada, que le revela el destino que han seguido sus hermanos. También lo que tiene que hacer si desea liberarles de la maldición. Tejer para cada uno de ellos una camisa de ortigas, y permanecer muda durante todo el largo tiempo que emplee en realizar su tarea. El cuento se complica con sucesos diversos y la princesa termina de nuevo en las cárceles de la cruel reina, acusada de crímenes terribles de los que no puede defenderse para no faltar a su promesa de permanecer muda. Ya la van a llevar a la horca, cuando se presentan los cisnes. Y entonces se obra el milagro. Durante todo ese tiempo la princesa no ha dejado de tejer aquellas camisas y los príncipes pueden recuperar al ponérselas su antigua forma humana revelando a todos la verdad. Pero el cuento tiene un detalle perturbador, a la última camisa le falta por tejer una manga de forma que en el más pequeño de los príncipes la conversión no es completa y se ve condenado a tener ya para siempre en vez de brazo un ala de cisne.

Ana María Matute ve en ese brazo la condición del artista. Una condición extraña, terrible y hermosa a la vez. Que habla de otro cuerpo, de facultades impredecibles y remotas, pero que por pertenecer a una configuración corporal diferente a la suya los hombres sólo pueden asumir como trastorno. O dicho de otra forma, esa conversión incompleta, que hace que el último de los príncipes tenga que cargar para siempre un ala de cisne, lejos de ser una condición venturosa es una desgracia.

Estamos mentando dos de los temas centrales de la obra de Ana María Matute: el del extraño, el diferente, el artista como patito feo, pero cuya diferencia oculta un secreto, algo que los demás no tienen; y el tema de la debilidad como el único valor verdadero y como la esperanza para la vida. La debilidad humana entendida como contrapartida a la expansión exterior de la persona, al comportamiento agresivo frente a otras criaturas y frente al mundo, al deseo de someter a los demás. Toda la obra de Ana María Matute está llena de seres así, incapaces de adaptarse a la realidad pragmática. Seres que, incluso cuando traspasan el comportamiento normal, permitido, no están haciendo otra cosa que cumplir obedientes la misión de su corazón. Es decir, que no son dueños, sino tan sólo servidores de su destino. ¿Cuál es ese destino? El dictado por esa conversión incompleta, por la presencia de ese ala a la vez venturosa y fatal. Un destino de enfermedad y clarividencia.

Juan Ramón definió la poesía como lo que no podemos tener de la vida, y el ala simboliza esa imposibilidad. El que aspira a reconocerse en ella se expone a riesgos imprevisibles. Debe ponerse en juego en una tarea que, como la de tejer camisas de ortigas, exige unas condiciones muy precisas para cumplirse. En el caso de la princesa de nuestro cuento, enmudecer, perder el uso de la palabra; en el caso del poeta, la materia de cuyo tejido son las palabras, que su lenguaje se llene de ortigas. No es difícil saber lo que significan las ortigas, la dificultad, el daño. No se puede hablar sin dificultad, sin estar dañado o dañarse al hacerlo. A esto se ha referido Ana María Matute siempre que ha evocado su propia infancia. Era una niña torpe, a la que un problema de tartamudez impedía prácticamente comunicarse los demás. Gran parte de la poesía moderna, surge de una dificultad expresiva semejante. El ala del cisne es un ala huesuda e inútil, y su presencia en el cuerpo del hombre una fatal anormalidad que indica no tanto lo que hemos logrado sino la imposibilidad de alcanzar ese cuerpo completo, ese lenguaje perfecto, que contendría en su interior las formas secretas del mundo. El balbuceo señala la presencia de ese miembro supernumerario, su torpeza para adaptarse a nuestra condición humana, la presencia de esa otra naturaleza y la dificultad de ganarla para el mundo. Está, por lo tanto, en el origen de la poesía, que es siempre ese más de lo necesario, ese excedente de la cosa sobre su finalidad.

Hay un cuento italiano muy hermoso, recogido por Italo Calvino, en que se narra la historia de una reina que deseosa de tener un hija exclama un buen día

«¿por qué no puedo tener hijos como el manzano da manzanas?», y entonces sucede que la reina en vez de tener una niña tiene una manzana. Una manzana a la que por supuesto no duda en reconocer como su propia hija y a la que rodea de delicados cuidados desde su nacimiento. Hay en última instancia en la obra de Ana María Matute un pensamiento semejante al de esa reina, un pensamiento que no nace para oponerse a lo extraño, a ese fondo de indeterminación y sorpresa —terrorífica o jubilosa— que constituye la razón misma del corazón del hombre (como hará en el mismo cuento la reina rival que apuñala brutalmente a la manzana porque no acierta a desvelar su misterio) sino un pensamiento nacido para rodear de cuidados a ese centro irreductible, a esa manzana, quien sabe si venenosa o no, que ningún protagonista de cuento alguno ha rechazado jamás.

Esta idea —lo mágico como expresión en nuestro cuerpo de aquello que sólo existe en lo más hondo de nuestra alma— es el centro secreto de la obra de Ana María Matute. Recuerdo haber leído una entrevista en que esta escritora contaba cómo una vez, siendo niña, la sucedió algo sorprendente. Su madre la había castigado a permanecer encerrada y ella sacó de su bolsillo un terrón de azúcar, lo partió en dos, y vio surgir en la oscuridad una llamita azul. «Ese día, dijo Ana María Matute, fue trascendental en mi vida, ese día fue cuando yo empecé a ser escritora. Había descubierto la magia, había descubierto que hay otra luz, otras presencias, otra vida al margen de la vida corriente de cada día». Encerrada en aquel cuarto se sentía al fin distinta. Alguien que no se dispersaba en acciones inútiles, que acababa de descubrir una verdad esencial: que hay un poder, tal vez el más íntimo y decisivo, que sólo puede adquirirse, como hizo la princesa del cuento de Andersen, tejiendo camisas de ortigas, y permaneciendo en silencio.

El niño cúbico

«Eso eran noticias —dice el protagonista de *Los parentescos*, la novela póstuma de Carmen Martín Gaite—, pero otra cosa muy distinto era contar». Y ahora que tanto se habla de la muerte de la novela, o de su posible sustitución por formas que representen mejor la contemporaneidad, como el reportaje o el memorialismo, tal vez convenga detenerse un poco en lo que Carmen Martín Gaite entiende por contar. Nada, desde luego, que tenga que ver con la exposición de una idea, ni siquiera con la denuncia o el testimonio; contar es desconocer. El relato es el mundo del secreto. Este será el terreno en que se mueva toda la obra de narrativa de Carmen Martín Gaite, y de una forma ejemplar esta última novela, que su temprana y absurda muerte le impidió terminar. Una novela que hunde sus raíces en el mundo luminoso y feroz de los cuentos de hadas, y que, en tiempos de descrédito de la ficción, nos devuelve intacto el placer y la necesidad del relato. Pero ¿por qué siguen siendo necesarios los relatos? Rilke, en sus cartas a un joven poeta, aconsejaba a su embelesado amigo que aprendiera a amar las preguntas, a vivir con ellas sin contestarlas, como cuartos cerrados que hubiera que preservar de la curiosidad. «No busque ahora respuestas, no le pueden ser dadas porque no podría vivirlas». Contar, antes que nada, es aprender a amar las preguntas. ¿Todas las preguntas? Bueno, sólo las que nos conciernen. No es la simple curiosidad la que hace encaminarse a la joven esposa de Barbazul hacia el cuarto cerrado, sino la sospecha de que guarda un secreto que tiene que ver con la felicidad o la desdicha que va a encontrar al vivir. Es decir, un secreto de familia. Por eso son importantes los parentescos. Porque sus secretos, al contrario de los secretos que guardan los ríos, las grutas o las montañas, nos están específicamente dirigidos. Por eso su llamada no se puede desatender. Es lo que pasa en las películas de terror. Donde sus protagonistas no pueden dejar de dirigirse al sótano o la habitación fatal, ante la protesta de los sufrientes espectadores, que no pueden explicarse esa manía de todos ellos de irse siempre adonde más peligro hay. Ese es el problema, que tienen que hacer justo lo que la razón no aconseja. Sólo así puede haber historia. Eso es contar, abandonar el mundo del logos. De forma que si todas las muchachas, en las películas de terror, suelen dirigirse a los sótanos es porque algo en la oscuridad está susurrando sus nombres. Van, en definitiva, porque alguien o algo la llama. Y ¿qué tiene que ver todo esto con la novela de Carmen Martín Gaite? Todo, porque Baltasar, el niño protagonista de su novela, es un niño cúbico, como le llama en el primer capítulo la misteriosa Olalla. Cúbico, en este caso, viene de *El jinete del cubo*, el relato de Franz Kafka. El jinete que se monta en el cubo vacío de carbón y se va volando por los aires. Con esto quiero decir que pertenece a esa rara estirpe de personajes que no pueden dejar de meterse en asuntos peligrosos. Claro que la familia que tiene no es para menos. Sus padres, sus tres medio hermanos, la criada Fuencisla, los abuelos de sus hermanos, componen una casa zurriburri, donde se limpia poco, las discusiones son frecuentes, y todo suele andar manga por hombro. Una casa donde nada es lo que parece y donde nadie puede sentirse seguro, porque «no hay cosa más rara que el destino de las personas». Y en la que Baltasar, el niño cúbico, irá de un lado para otro, traído y llevado por esos vendavales de desasosiego que agitan el mundo de los parentescos. ¿Qué nos dice ese mundo? Que no estamos completos. Eso es la infancia, descubrir que nuestras vidas se prolongan en otras. Belen Gopegui nos dice en su prólogo que no es cierto que Carmen Martín Gaite tratara de decirnos que las leyes del parentesco son distintas a las de la amistad, y que mientras las primeras suelen estar fatalmente determinadas, en las otras somos libres de elegir lo que nos conviene. Hay, de hecho, familiares que no cuentan nada y amigos que cuentan demasiado. Porque el parentesco y la amistad se convocan. Y ahí empiezan los problemas. No conocemos a los demás y, sin embargo, los convocamos a nuestro lado. Pero tampoco ellos están completos y entonces las familias suelen ser lo más parecido a una reunión de tullidos. A cada uno le falta una cosa. Esa es la clave de lo que sucede, que cada uno viene con su propia falta. Eso son las familias, los grupos de amigos, los encuentros de los amantes: la parada de los monstruos. Por eso son necesarias las libélulas. Ese capítulo, el de la libélula, es el más hermoso del libro. Baltasar, Baltita, acude por primera vez al teatro, y presencia una obra de marionetas. En ella un ogro riñe constantemente con una princesita. Todo hasta que una libélula, que zumba a su alrededor, se mete bajo su blusón. «Fu, fu, fu, mucha calma, el secreto está el alma».

Entonces, ¿qué significan los parentescos? Los parentescos, fundan lo real, pero también lo oscuro. Su lugar es el lugar de lo irreparable. Hay dos figuras para nombrar ese lugar. El ogro y la libélula. El ogro, trocea, fragmenta, es portador del daño y la humillación, se alimenta de carne cruda; y la líbélula, une, liga, hace latir a las piedras. Es extraño lo cerca que están. En la novela de Martín Gaite, hay dos actos de extrema violencia. El primero lo realiza Fuencis, la criada de la casa; el segundo, el padre Isidoro, el mejor amigo de Baltasar. Fuencis es la gran contadora de cuentos; el padre de Isidoro, sueña con ser escritor. Ambos, pierden la cabeza y empuñan el cuchillo del carnicero. Se transforman en ogros porque abandonan la red del lenguaje. Eso es lo que nos quiere decir la libélula, que para dejar de ser un ogro hay que aprender a hablar. Y hablar, hacerlo al menos como lo hacen los personajes de los cuentos, es acercarse al secreto. No para revelarlo, sino para hacerle justicia. Tal vez explique eso el extraño final que Carmen Martín Gaite, pensaba dar a su novela. Y en el que una gran libélula se llevaría volando a Baltasar. Yo ya he contado mi historia, nos diría, ahora os toca a vosotros. ¿Quien sabe si sería así? Belen Gopegui dice que el final de una novela ya está presente en su primera línea, de forma que no hay sino que leer con atención. ¿Importa mucho que no lleguemos a saber cuál es? No demasiado. No se lee para entender sino para llegar al milagro. «Y para llegar al milagro ¿nos dejó dicho Carmen Martín Gaite? tienes que haber pasado mucho tiempo no entendiendo nada».

EL SECRETO PLACER DE LEER

El cuarto secreto

En uno de sus ensayos Rosa Chacel vincula la lectura al secreto, e implícitamante nos advierte que todo lo que se hace en secreto lleva al desafío de una prohibición. Desde esta perspectiva la figura del poeta (y la del verdadero lector de literatura) se confunde con la de esos personajes de tantas historias a los que la curiosidad lleva a la transgresión de una norma. La habitación que abren a escondidas las mujeres de Barbaazul, la lamparita que enciende Psique para contemplar el rostro de Eros, la manzana que Eva, tentada por la serpiente, llega a robar del árbol prohibido, la caja que abre Pandora y que ocultaba todos los males que asolarían al mundo, serían algunos de sus emblemas.

Es curioso que sean precisamente tales transgresiones las que nos abran las puertas de la realidad. Eva es la criatura paradisíaca por excelencia, pero es a la vez quien provoca con su atrevimiento la emergencia de lo real (inseparable de la idea de la expulsión y el éxodo). Psique al encender su lamparita hace que esa pura interioridad que es el reino de la unión sexual, se proyecte temblorosa en la contemplación del cuerpo humano, de su belleza y sus simetrías. La lamparita define una estancia, la del encuentro entre los amantes, pero también la posibilidad del poema.

Por una razón, porque la poesía es siempre el acceso a uno de esos cuartos secretos. Por ejemplo, el cuarto de la mujer loca de Jane Eyre; por ejemplo, la cámara nupcial a la que el siniestro protagonista de *El fantasma de la ópera* pretendía conducir a su amada; por ejemplo, la construcción subterránea a que se entrega el topo que protagoniza uno de los últimos relatos de Kafka. Pues bien, la poesía tiene que ver con esas estancias subterráneas. No tanto con el desvelamiento de su misterio, lo que tal vez no sea posible, como con el aprendizaje de vivir en su vecindad, como decía Rilke que había que aprender a vivir entre las preguntas. La figura del poeta podría confundirse por eso con la de Jane Eyre, la pobre huérfana de la novela de Charlotte Brontë, o con la institutriz aterrorizada de *Una vuelta de tuerca*, la novela de Henry James. En ambas novelas las muchachas son contratadas para ocuparse de la educación de unos niños, y en ambas asistimos al progresivo desvelamiento de un misterio terrible. En el caso de Jane Eyre, de un cuarto secreto, donde vive encerrada una mujer loca (primera esposa del dueño de la mansión); en el de *Una vuelta de tuerca*, de una zona de sombra donde conviven dos tiempos, el real y un presente eterno y perturbador donde el antiguo jardinero y una remota institutriz se siguen encontrando después de la muerte. También, en ambos casos, el relato existe en la medida en que ese misterio no ha sido aclarado, y el instante en que esto se consigue reproduce en cierta forma el pecado de Eva, y nos da a la vez la visión y la pérdida del paraíso. Ese instante, ese deslumbramiento, es la esencia de lo literario. En cierta forma la literatura recrea una y otra vez ese mito, el de la existencia de un lugar oculto, hurtado a lo real, del que nadie tiene noticia y al que ninguna palabra desvela.

Es el mundo del Fantasma, el magnífico personaje de la novela de Gaston Leroux. Un accidente le ha separado del mundo obligándole a vivir perpetuamente escondido en los sótanos del teatro de la ópera. Su rostro, desfigurado por el fuego, le impide buscar la vecindad de los hombres. Se enamora, y tampoco puede declarar su amor. Su vida se ve reducida a un deambular eterno por esos corredores deshabitados. Pero ese mundo de los pasadizos, de las antiguas mazmorras, de los canales y las cámaras sumergidas es también el mundo de la literatura. La lectura verdadera tiene que ver con ese deambular ardiente, no percibido por nadie del Fantasma, con esos ocultos cuidados que hacen del desaparecido el pocero de la verdad. Es el mundo de la memoria, y en el que se guardan las señales de todo lo que el hombre pudo hacer o pensar; pero también el de la imaginación y el deseo. El Fantasma recorre los pasadizos, las antiguas mazmorras, y su deambular silencioso tiene el carácter de una rememoración, la de ese tiempo de horror y crueldad extrema que se dio cita en esos lugares; pero también se ocupa de disponer esa cámara en la que espera consumar su amor, y esa tarea más que con la memoria tiene que ver con la imaginación, entendida como nostalgia del paraíso.

De la novela de Leroux se hizo a principios de los años treinta una película magnífica, protagonizada por Lon Chaney, el hombre de las mil caras (¿no es esa, por cierto, una buena definición del poeta-lector, no exige cada nuevo libro —como cada actuación al legendario actor— una caracterización diferente, el sueño de ser siempre otro?). La caracterización que este actor hizo del Fantasma es soberbia, y las escenas en que conduce a la chica por los pasadizos con el rostro cubierto por una máscara de una hermosura incomparable. Hay una escena en que el Fantasma la enseña el cuarto que ha dispuesto para ella. Las colecciones de zapatos, el vestido blanquísimo, el tocador lleno de tarritos y espejos, todos con su nombre grabado. Podemos imaginar al Fantasma preparando durante meses ese encuentro, saliendo a escondidas para realizar las más delicadas compras, disponiendo cada detalle, recreando con cada nueva vez el instante en que ella por fin atendería su deseo y bajaría con él a su reino. ¡Cómo no iba a desesperarse cuando comprueba que nunca sería suya, que le rechaza por su fealdad, cómo no iba a transformar esas galerías por las que esperaba acceder al paraíso en aquellas otras que ineludiblemente habrían de conducir al infierno a quienes las recorrieran! Ese es el descubrimiento terrible, la cámara nupcial apenas está separada por un velo de la cámara de torturas, y el universo del Fantasma es ese universo doble en que sólo cabe el goce más intenso o la destrucción.

El verdadero amante de la literatura se confunde con el Fantasma pero también con el topo de *La construcción* (el extraño relato del que para mí es el más grande escritor de este siglo, Franz Kafka). Este labor subterránea, interminable, la de instalarse en el interior de esa morada oculta, recorrerla una y otra vez, equivale a la actividad del lector. Cuando leemos no somos diferentes al topo del relato de Kafka, construyendo esa infinita red de pasajes. Y la historia del lector se confunde con ese trabajo infinito del topo. Cada nuevo libro una nueva galería, una nueva cámara sumergida. De forma que, poco a poco, el peso de ese mundo hurtado a la luz, a las razones prácticas, termina por ser más amplio que el otro. Pero no leemos sólo para protegernos. La construcción, qué duda cabe, tiene un sentido defensivo, pero a la vez es una exposición. Kafka lo dice de una forma admirable. Precisamente, como propietario de esa obra grande y delicada, el topo está indefenso ante cualquier ataque serio. «La dicha de poseerla —reflexiona el topo— me ha ablandado, la delicadeza de la obra me ha hecho delicado a mí, sus lesiones me duelen como si fueran mías». Y en otro momento anota: «Allí, en ese sitio en el oscuro musgo, soy mortal y en mis sueños aguarda interminablemente un hocico voraz».

El hocico de la bestia humea en lo más hondo de ese mundo escondido. Esas galerías nos exponen, nos hacen más vulnerables. Nos abren, como en el caso del Fantasma, a la memoria del hombre, de sus horrores, de sus anhelos más inconfesables, a una responsabilidad imposible de asumir de una forma completa. Pero también a ese otro mundo, el que guarda las huellas del paraíso. Y eso es precisamente lo que trata de preservar la imaginación. La memoria de lo que no ha sido, de ese lugar central, como escribe Kafka, «donde nuestra sangre de derramarse no se llegaría a perder».

El lector coronado

¿Qué buscamos al leer? ¿Cuál es el sentido último de esa búsqueda que nos lleva de libro en libro, que nos hace sentir como intercambiables a autores tan distantes, en el tiempo y en el pensamiento, como Homero y Kafka, Dante y Emily Dickinson, Cervantes y William Faulkner? ¿Leemos por matar el tiempo, por entretenernos? ¿Como forma más o menos esforzada de adquirir prestigio ante los demás? ¿Por hallar respuesta, tal vez, a esas cuatro preguntas que siempre han acosado a los hombres, las preguntas acerca de sí mismo y de los demás, de la creación y el destino, del amor y la muerte?

Toda pregunta sobre la lectura lo es sobre el escribir, puesto que el lector verdadero no es menos responsable de esa obra que es su lectura que el poeta lo es de la suya. Se habla de buenos y malos poetas, y con igual justicia podríamos hablar de buenos y malos lectores. El poeta es antes que nada un buen lector, y todo buen lector tiene necesariamente que disponer de aptitudes semejantes, y una sensibilidad afín, a las del poeta a cuya obra trata de aproximarse, si no quiere fracasar en su empeño. Ambos saben que la literatura reclama el secreto y el sigilo para cumplirse. También que es indisociable del temor. Temor a ser sorprendidos en falta, leyendo lo que no debíamos; pero sobre todo a perder con el regreso la percepción de ese otro que fuimos ante el jardín del libro abierto. ¿Pero quién fuimos en esos instantes, qué fue ese algo para cuyo mantenimiento ya nunca nos parecerá bastante nada de lo que hagamos? Fuimos el lector coronado, y ese algo que nos consagró mientras leíamos sólo pudo ser la llama de Pentecostés, que es la llama del conocer más profundo. Nadie que haya leído el Nuevo Testamento puede olvidar ese pasaje, la imagen de aquella cresta delicada que coronó el cuerpo alerta de los apóstoles y que éstos recibieron como un don. Pues bien, no hay momento de verdadera vida sin ese sobrante infuso, sin ese despertar al prodigio. Llevamos esa llama de un lado para otro, espantados ante la posibilidad de que cualquier accidente pueda apagarla, sólo deseando que se nutra de nuestro propio existir. Y la lectura es sin duda uno de sus mayores alimentos. Aún más, yo diría que lo que importa al leer, antes que el goce estético, o la asimilación de los contenidos del libro que nos ocupa, es renovar la certeza de que esa llama sigue encendida. Tanto la lectura como la escritura deben comunicarnos esa sensación, la de estar en el centro de un espacio de luz. Un espacio que es dicha, reconocimiento, pero también vértigo, bajada al infierno, apertura al mundo de las sombras. «Iluso de una verdadera ilusión —ha escrito Francisco Pino—, el poeta pretende vivir esa vida hecha por Dios para los hombres pero hurtada por los hombres a Dios. Lo robado a la humanidad es lo que quiere restituir el poeta a la humanidad con ese aire desprevenido, desapercibido, atolondrado que le singulariza».

Estas palabras me han traído a la memoria una historia. Su protagonista es un niño de seis años, cuyo padre acaba de morir. La casa se ha llenado de gente y las mujeres, según costumbre ancestral, lloran y se golpean el pecho. El niño no termina de entender lo que pasa, y se siente lleno de aprensión y horror. De pronto alguien le toma de la mano. Es una mujer joven cuyo rostro le resulta vagamente familiar. Le lleva a otro cuarto y, cuando están los dos solos, le enseña un cuento. Es uno de esos cuentos troquelados en los que al pasar las páginas van floreciendo los lugares, como pequeños escenarios traspasados de luz. Nunca ha visto nada igual, y lo contempla una y otra vez hasta quedarse dormido. Al despertar se descubre acostado en la cama. Oye un lejano murmullo, y se levanta en silencio. Baja las escaleras, recorre la casa guiándose por ese murmullo, semejante al de un río que corriera en la oscuridad, hasta el comedor. Allí están las mujeres, que siguen velando el cadáver de su padre, y aquel rumor es el de sus lloros. Espantado se refugia en el cuarto contiguo. Apenas puede respirar. Quiere llamar a su madre pero no consigue articular palabra. De pronto, y cuando mayor es su angustia, se acuerda del cuento. Se pone a buscarlo compulsivamente, con la convicción de que la señora ha debido dejarlo para él en algún lugar de la casa. Sus ojos se fijan en el pesado armario que ocupa uno de los rincones de la cocina y tiene la certeza de que el cuento está allí. Le parece recordarlo todo con exactitud. La señora lo puso sobre la repisa y un primo suyo tropezó con él al entrar. Se levanta como traspasado por una espada de fuego. Mira debajo del mueble, trata de moverlo, de separarlo de la pared para buscar detrás, pero todo resulta inútil. Oye voces y regresa corriendo a su dormitorio. Esta búsqueda se repite a menudo a lo largo del verano. Cuando vuelve a sentirse desvalido, lleno de zozobra, cuando vuelve a sentir la ausencia del padre y el desamparo en que ésta le deja, se acerca en secreto al armario y trata de encontrar el cuento. Se agacha e introduce la mano por debajo, hasta que dolorido por el esfuerzo terrible tiene que renunciar a su búsqueda.

«La poesía, ha escrito Federico García Lorca, no quiere adeptos sino amantes. Pone ramas de zarzamora y erizos de cristal para que se hieran por su amor las manos que la buscan». Nuestro niño se confunde con ese amante. Ni siquiera se plantea que el cuento que busca no sea real, sólo exista en su fantasía. Y no porque esto no sea posible, sino porque en el fondo nada resultaría de que lo fuera, ya que la no existencia del cuento no aplacaría la necesidad de encontrarlo, ni la memoria de la dicha que experimentó mientras lo tuvo. Pero ese fracaso, esa irrealidad que trata de traspasar el poeta, ¿qué encubre sino la promesa de una plenitud? Tal búsqueda es también la del enamorado y la del loco. Los tres perciben dentro de sí una verdad desmesurada que no logra hacerse real, y los tres cifran la razón de sus vidas en su lucha por conseguirlo. Porque tanto el poeta, como el enamorado y el loco, saben que a menudo eso que llamamos irrealidad es refugio de la verdadera vida, y que la verdadera vida es resistencia frente al poder y a la humillación.

Platón, en *La república*, expulsa al poeta de la ciudad, por considerar peligrosa su influencia, y creo que en última instancia lo que todo buen lector está pretendiendo al leer es entrar en contacto con ese lado excluido de sí mismo que se refugia en la literatura. Es más, la literatura busca la transfiguración de las cosas, y en tal sentido es una cualidad de la vida, tal vez la más excelsa, aquella en que la vida se formula a sí misma como promesa, y ofrenda. O dicho en otras palabras, la misión de los libros no es dar respuestas sino enfrentar al hombre a su propio enigma e instaurar, al hacerlo, el reino de la posibilidad.

El solo y misterioso lector, «el que, tal como escribió Lezama Lima, llega a tener para una sola lectura la presencia y esencia de todos sus días», también sabe eso. Abre los libros como el niño de nuestra historia abrió su cuento, queriendo encontrar al hacerlo el único camino que importa, el camino, en palabras de Rosa Chacel, «donde las cosas pueden ser», que no es otro que el que conduce a los personajes de los cuentos a la luz y a la intimidad. Por eso cuando leemos bien llevamos corona.

El jardín de los pavos reales

La villa está situada junto a la playa de San Juan, en Alicante. Fue obra de un cónsul francés, que también trazó su jardín, cuyos paseos dotó de hermosas estatuas de mármol, de las que sólo quedan dos. Al final de la guerra fue la residencia de Negrín, y allí tuvieron lugar las últimas reuniones del Gobierno de la República. Luego la adquirió un médico, y, con posterioridad, un mejicano que ni siquiera llegó a conocerla, y cuya familia, a su muerte, terminó por vendérsela a una institución local. Desde entonces nadie vive en ella, ni se utiliza para nada, y la villa permanece a cargo de un administrador, que se ocupa de vigilarla y de cuidar el jardín. Fue en ese momento, sin embargo, cuando empezó su verdadera vida. Sucede, más o menos, hace treinta años. La madre del administrador, una mujer entonces ya anciana, vuelve de uno de sus paseos afirmando haber visto en el jardín un animal inconcebible. «Es como si viniera de otro mundo» son sus palabras. Todos corren a ver y en el lugar señalado hay, en efecto, un animal extraño, de una hermosura desconocida para todos, que se pasea bajo los árboles entre pensativo y airado, como un príncipe en el exilio. Enseguida se dan cuenta de que es un pavo real. Le aceptan a su lado, le alimentan. Le ofrecen aquel jardín desocupado, las copas de los árboles, los paseos rotos por las raíces de los ficus. No saben de dónde procede, ni cómo ha llegado hasta allí, pero no dudan en hacer suyo ese don del destino. No sólo eso, el administrador se las arregla para conseguir una hembra. Cuida y alimenta a esa pareja, que muy pronto se reproduce. Pasa el tiempo y ese núcleo original empieza a crecer, libremente, sin otro límite que el marcado por los lindes del jardín, que los pavos son los primeros en respetar. No vende las crías, no trata de obtener ningún beneficio de la imprevista granja, a la que sin embargo no ha dejado de atender y vigilar ni un solo día desde entonces. En la actualidad, treinta años después, posee ciento cuarenta pavos reales. Una panadería le regala los panes que le sobran, y el administrador los almacena en un pequeño invernadero. El invernadero tienen las paredes de cristal, y constituye una imagen provocadora y extraña. Una casa llena de barras de pan que, a la luz del sol de la tarde, parecen recién sacadas del horno. Dos veces al día, pisotea los barras junto a las escaleras, y los pavos acuden a comer. Cuando él está solo corretean a su alrededor, llega a darles el pan con la mano, que aceptan dulcemente, sin miedo. Sin embargo, ante la presencia de visitantes, huyen. Son desconfiados, temerosos. Empiezan a agitarse por los paseos, se aturullan. Vuelan bajo los árboles, ruidosa y dolorosamente, como si fueran a morir.

Sorprende su escasa proliferación. Se aparean a su antojo, no tienen peligros, y sin embargo la población, en cuarenta años ha crecido mucho menos de lo esperable. De hecho, en estos instantes hay cerca de sesenta hembras, y cada una pone varios huevos al año. Apenas unos pocos de esos huevos se logran. Y de los pollitos que nacen sólo un porcentaje mínimo logra hacerse adulto. La razón: las pavas no parecen preocuparse por su maternidad. El administrador lo atribuye a su tontuna. Están incubando, algo llama su atención y se olvidan por completo de sus huevos. Otras veces, los pollitos ya han nacido y van con su madre de paseo. Se encuentran con una zanja, que no pueden saltar. La pava sigue su camino, y ellos se quedan piando desesperados. No la vuelven a ver. «Son pavas», insiste el administrador como sola respuesta ante vuestras preguntas.

Habla de ellos con desapego, con una actitud entre afectuosa y distante, como si se refiriera a algo cuya misión no fuera entender. Aún más, como los campesinos de John Berger, utiliza giros bastante inapropiados para el lugar, «como si se acordara de algo de su pasado». Los pavos, agitados por nuestra presencia vuelan sobre la valla «como helicópteros», los pollitos son «pequeños como puños», el canto de los machos en celo suena «como las bocinas accionadas por gamberros». Está como en una tierra bendecida. Un fragmento de mundo que no se oculta, que se muestra como es. Es eso lo que significa el jardín de los pavos reales. No la escena en que suceden las cosas, sino una presencia que es tan apremiante que no cabe distanciarse de ella, como aprenden a hacer los hombres en al ciudad. Isak Dinesen establece en uno de sus libros una diferencia entre las amistades, humanas y animales. Los animales domésticos entrarían dentro de la categoría de respetables, los animales salvajes lo harían en la de decentes. Mientras la existencia y el prestigio de los primeros se decide en relación a la comunidad, la de los otros lo hace por su contacto con Dios. Según Isak Dinesen los hombres no pueden renunciar, ni siquiera para obtener la más alta aprobación de aquello que les rodea, «a ese contacto directo con dios que comparten con el hipopótamo y el flamenco».

El dios de la escritora danesa se confunde con la Intensidad de Leopardi, o la Voluntad de Schopenhauer. Son los otros nombres de nuestra relación con las fuerzas libres del mundo. Gracias al contacto con esas fuerzas participamos de ese continuo acto de creación que constituye la esencia misma de lo real. Ese contacto nos regenera, pero a la vez nos expone. Es el lugar del sentido, pero también el de la incomprensibilidad. Es decir, el lugar de la poesía. Gottfried Benn dijo que la poesía era elevar las cosas al lenguaje de lo incomprensible. El administrador de esta villa podría haber dicho, hacer que una villa abandonada se llene de pavos reales. Sin que haya un por qué. Buscando no la respetabilidad, sino la decencia. Eso es lo que significa la escala de Jacob. Jacob se queda dormido y a su lado surge una escala que asciende hasta el cielo. Aparece un ángel y lucha con él. Es una lucha desigual, que enseguida se inclina a favor del ángel. Jacob, herido en la cadera, se niega a ceder. «No te soltaré hasta que me bendigas», le dice. Por esa escala vino el primer pavo real. La lucha con el ángel, el mantenimiento del jardín, forma parte de la interminable producción de significado frente a la nulidad de las cosas. La bendición, por su parte, es el signo de que ese contacto con el dios del que hablaba Dinesen ha tenido lugar. Tiene una recompensa. Dejar ir lo que amamos.

Cuando abandonáis el jardín en dirección a Alicante, estás pensando en todo esto. Ves al administrador detenido en la reja y te das cuenta del sentido de su desapego. Él no lo sabe, pero trabaja para el jardín vacío, para ese instante en que los pavos se alejarán sin dejar huellas, tal vez al mismo lugar de dónde vino el primero. Entonces le quedará la red de los paseos abandonados y, en su centro, el invernadero lleno de barras de pan. Esa será su ventaja respecto a vosotros, ocasionales visitantes. Cuando ese momento llegue tendrá una historia que recordar y analizar, que volver a vivir en su imaginación. Esa será su forma de mantenerse con vida. Podrá visitar mentalmente el invernadero y alimentarse de las barras que han sobrado. Por eso hay que desconfiar de las historias que en su interior no guarden algo semejante a esa casa del pan, a ese corazón comestible.

El hombre sin rostro

Hay una costumbre que en gran parte se ha perdido, y que en mi recuerdo permanece indisociablemente unida al hecho de ir al cine: el placer de contar las películas. Supongo que tenía que ver con un mundo de escasez. En un mundo mineralizado por el peso de tantas prevenciones, las salas de cine constituían uno de los escasos espacios de iniciación a la vida. No es extraño por eso, que se necesitara contar las películas. Que éstas no terminaran cuando en la pantalla aparecía la palabra fin, y que la importancia de lo vivido durante el tiempo de la proyección obligara a esa recuperación del relato.

No era una tarea sencilla, aunque, como es lógico, hubiera verdaderos especialistas. La conclusión era invariablemente la misma: «Tienes que ir a verla, te va a encantar». O dicho en otras palabras, el relato no era sino una incitación a lo único que merecía la pena, ir al cine a ver la película. Esto era especialmente claro cuando ésta no era una película vulgar. Entonces el relato operaba como la espoleta que pone en marcha esa bomba de relojería que es el interés de los niños. Recuerdo una tarde a mi madre contándonos *La mosca*. El relato fue tan vivo que, en su término, nos subíamos literalmente por las paredes. No le quedó otra solución que llevarnos a verla al día siguiente, a pesar de sus temores a que pudiera resultar demasiado fuerte para nosotros. Queríamos ver aquel instante único en que la mosca, atrapada en una tela de araña, pide socorro. Cómo era aquella voz aguda, finísima como una puntada, y el efecto que la cabecita y el brazo humano producían en el horroroso animal. Ver en suma ese más que las palabras nunca serían capaces de apresar por sí solas, y que era la raíz misma del cine. Ese más que la contemplación añadía a la historia.

Nadie puede dudar que esta raíz contemplativa constituye la esencia misma del cine. Tampoco que el cine ha cambiado nuestros hábitos de la mirada. No sólo nos ha enseñado a mirar, lo que antes estaba vedado, los cuerpos desnudos, los instantes más ardorosos de su entrega, a desplazarnos en la oscuridad y en los medios más adversos, los volcanes, los fondos submarinos, los grandes continentes de hielo, sino a ver las cosas más comunes como si fueran otras de las que habitualmente son. Una botella de aceite, y la gotita que resbala por su cuello, una taza, un simple frasco de colonia, adquieren hoy en cualquier pantalla de televisión el mismo carácter que tenían los objetos mágicos de *Las mil y una noches*. Se diría que ocultan algo, una historia, un acceso, y que nos interrogan acerca de esa naturaleza escondida. El niño destroza la flor, a cuyo interior quiere asomarse; el cine nos enseña a entrar sigilosamente en ese cáliz, a percibir incluso sus mínimos temblores, los estambres cargados de polen, las secreciones más decisivas y ocultas. Nos enseña la materia, pero transfigurada por nuestra mirada y nuestros anhelos. Es una eucaristía.

Ver lo que habitualmente no vemos. Si esta es la esencia del cine la sala de proyección se confunde con el cuarto cerrado del cuento de Barbazul, y el instante en que finalmente se apagan las luces es semejante a aquel en que la muchacha protagonista empuja la puerta prohibida. Ese era al menos nuestro deseo de entonces, que esa sala a oscuras fuera la habitación donde finalmente nos serían revelados los secretos. Uno de esos secretos —para un muchacho el más decisivo— era el que se guardaba en el cuarto de las mujeres. Realmente las chicas, en aquellas películas de aventuras, no parecían tener otra misión que establecer un contrapunto de delicadeza y malicia a las reiteradas escenas de encarnizada lucha. Luego las cosas iban por otros derroteros, pues bastaba su presencia en la pantalla para que la película entera se transformara. Era frecuente que se recurriera a un recurso maravilloso. Sus ropas se iban haciendo jirones en proporción directa a los riesgos a que se veían expuestas, dándose la paradoja de que cuanto mayores eran esos riesgos más hermosas y resplandecientes llegaban ellas a estar. Como si más allá de aquel ajetreo adrenalínico, de la intriga que las zarandeaba junto a sus compañeros, hubiese siempre una historia impensada, que contuviese la verdadera aventura, y esa no pudiera ser otra que la historia de su desnudez, de ese cuerpo lleno de luz, que siempre surgía intacto de los andrajos y del barullo, resplandeciente y terrible como el interior de una flor.

El cine nos ha enseñado a mirar esos cuerpos transfigurados. A hacerlo en esos instantes en que por estar expuestos a un riesgo o una emoción mayor, llegan a brillar como ascuas. Pero también, y por encima de todo, a detenernos infinitamente en sus rostros. Esa mirada es igualitaria. Levinas escribió que el rostro humano comporta siempre una prohibición, no matarás. Es a la vez el lugar de la extrañeza y del reconocimiento. Un espejo. Vemos en él al otro, pero también nuestro destino, un destino compartido. Esa capacidad para contemplar el rostro de los hombres es sin duda una de las máximas aportaciones del cine, y bastaría por sí misma para justificarle como el arte más decisivo de nuestro siglo. La obra de Dreyer, de Bergman, o las películas más perturbadoras de Hitchcock (pienso sobre todo en esa cumbre absoluta del arte de nuestro tiempo que es *Encadenados)* sería injustificable sin esa actitud contemplativa, que tiene en el rostro resplandeciente del amor su luna más preciada. El cine está lleno de rostros así, transfigurados por la emoción o la entrega amorosa. Una transfiguración que tanto tiene que ver con lo portentoso, pero que, al contrario que la de los santos (los santos, como los ángeles, son los que han dejado de tener rostro, los que viven en el límite de la nada), expresa el instante de individualización máxima, no tanto en que la especie es dejada atrás como en que uno de sus individuos dejar de ser «fungible», intercambiable por otro. El instante único en que en ese rostro insensato percibimos un desafío cuyas consecuencias son más imprevisibles aún que la advertencia de Levinas, «¿a que no te atreves?».

Tal vez por eso, uno de los personajes míticos del cine ha sido, y seguirá siendo, el hombre sin rostro, que es una de las metáforas más puras sobre la imposibilidad de amar. *El hombre invisible* esconde ese vacío vendándose la cabeza, y *El fantasma de la ópera*, al que un desdichado accidente ha desfigurado, detrás de una máscara. No tener rostro, estar privado de humanidad, es también la tragedia del Hombre Lobo y del Conde Drácula, que sufre el dolor lacerante de carecer de reflejo. La pérdida del rostro supone la caída en la animalidad o en el vacío de significación. Creo que el cine ha contribuido de una forma decisiva a conjurar un peligro que está en la base de todos los grandes crímenes de nuestro siglo, que sólo han podido cometerse, y aún se cometen por esta ceguera ante el rostro del otro. Esta sola razón bastaría para hacer de él el arte más necesario en estos tiempos de oscuridad.

El toro de Faralis

Cuentan que en la antigüedad hubo un tirano llamado Faralis. Inventó un extraño artilugio. Un toro de bronce en cuyo interior se introducía a los condenados. El toro se ponía sobre el fuego y éstos perecían lentamente, profiriendo terribles alaridos. Sin embargo, dichos alaridos no se llegaban a escuchar. Esa era la gran sorpresa que ocultaba el tirano, pues aquel artilugio tenía un secreto, una red complicada de canales internos que transformaba la voz del muribundo en el más maravilloso y delicado de los cantos.

No debemos ser demasiados rigurosos con Faralis. Al fin y al cabo es lo mismo que exigimos a la cultura. Consolación, entretenimiento, ignorancia. Que nos facilite las cosas, sustrayéndonos a la percepción pura del horror y de la desdicha. Su objetivo es el hombre estético de que hablaba Kierkegaard. Nada que tenga que ver con el descubrimiento de ese condenado que permanece retenido en el interior del toro.

Un libro puede ser también uno de esos artefactos, y de hechos muchas veces lo son. Cumplieron en el pasado esa función, y me temo que la siguen cumpliendo. «Leo para entretenerme», oímos decir a menudo, y es obvio que lo que tantas veces se busca al abrir un libro no es sino pasar el rato, olvidándonos de nuestras preocupaciones. Es obvio que muchos de los libros que leemos nos ayudan a hacerlo, y que los leemos buscando ese olvido. Forman parte de esa cultura mayoritaria de que tanto se habla. La verdadera literatura no busca eso. Kafka dijo que un libro debía ser una puñalada en la espalda de su lector, queriendo subrayar ese poder de trastornarnos, de desquiciar nuestra bien articulada estabilidad. La cultura mayoritaria es el toro de Faralis, ese artefacto que persigue no tanto el conocimiento del mundo y de nosotros mismos, sino eludir ese compromiso tantas veces terrible con todo lo que yace postergado en nuestro corazón. No tiene que ver con la literatura. Ésta tiene una función desenmascaradora, y por eso se constituye como resistencia. Frente al olvido, frente a la humillación. No quiere conquistar un lugar, sino abrirse a un interior sellado.

Hay un episodio de la vida de Apolo, el que se refiere a su destierro en el mundo, que quiero evocar ahora. Apolo en expiación de la muerte de los cíclopes fue condenado a pasar un año sirviendo de criado a los hombres, y fue en casa de Admeto donde cumplió su condena. No es difícil imaginar a Admeto en esta labor maravillosa y extraña, la de albergar a un dios en su propia casa. Verle dirigiéndose a su sirviente divino con contención y desenvoltura, eludiendo esos amaneramientos que por recordar a Apolo su condición de dios castigado pudieran resultarle humillantes. La opción de Admeto debió ser la opuesta a la de tantos popes de la cultura, no hablar en nombre del dios, sino acogerle en silencio haciendo posible así su estancia en el mundo, y creo que esa actitud antisacerdotal es indisociable de esa cultura minoritaria, la cultura del hueco, del agujero en el muro a la que me referí en otro capítulo.

José Miguel Ullán, nuestro poeta más decisivo y secreto, se ha encargado de recordarnos hace poco uno de los textos esenciales de esta cultura, la carta de Lord Chandos, escrita por Hofmannsthal. En ella Lord Chandos se disculpa ante un amigo por haber abandonado las actividades literarias. «Mi caso, por ser breve —le escribe—, es éste: he perdido completamente la facultad de reflexionar o hablar sobre no importa qué cosa en forma coherente». Lord Chandos explica a continuación el repentino y sorprendente proceso, que le lleva a un progresivo enmudecimiento. Es incapaz de estudiar, de articular pensamientos elevados, y hasta su simple conversación diaria, con familiares y criados se le antoja disparatada y absurda. Este proceso conlleva otra cosa, un estado de especial sensibilidad, que le hace receptivo a los hechos más minúsculos de la vida y del mundo. Y a continuación habla de Craso, el orador de quien relatan que se había encariñado de una murena mansa, mudo y humilde pez en un estanque de sus jardines, y que lloró amargamente su muerte, por lo que llegó a ser criticado en el senado, donde se le acusó de haber perdido el juicio. Pero que para él supone un ejemplo de ese pensamiento con el corazón. Y después de decir a su amigo que ya nunca volverá a escribir libro alguno, añade: «Y la razón es que la lengua en que, tal vez, me fuese dable pensar además de escribir, no sería el latín ni el inglés, el italiano o el español, sino un idioma cuyo vocabulario ignoro, aquel en que me hablan las cosas mudas y en el cual, cuando habré bajado ya a la tumba, quizás haya de responder por mis actos ante un Juez desconocido».

Estoy convencido de que es ese relato inaudible, el que escuchamos de las cosas mudas, la sola razón de la literatura. Y es extraño que sea así. Extraño que uno de los textos más decisivos acerca de la literatura sea precisamente esta carta apócrifa, que a la postre lo que está reivindicando es ese grado cero de la lengua escrita que es el analfabetismo del poeta. No creo que esa lengua esencial corra peligro, aun en el caso de que los libros desaparecieran, ni participo por eso de la alarma general en torno a la muerte de la cultura del libro, y por tanto de la literatura, en que estamos sumidos. Lord Chandos, y tantos como él, son la confirmación de que tal cosa no es posible. De que mientras haya alguien capaz de extasiarse ante la contemplación de una simple regadera, de una regadera y del agua teñida de negro por la sombra del árbol, ese pensar con el corazón, que es la base de la cultura escondida de que vengo hablando, seguirá existiendo sobre la Tierra. ¿Qué importa que ese alguien no ocupe espacio en las páginas de las revistas, ni en los cursos de las universidades?

Cuenta Gerald Brenan, en su biografía de San Juan, una anécdota de sus conversaciones con las monjas, durante el tiempo que fue confesor en uno de sus conventos. Una de aquellas monjas, llamada Catalina, que hacía de cocinera, le preguntó ingenuamente por qué cuando ella pasaba junto al estanque del jardín, las ranas que estaban sentadas en el borde se zambullían en el agua y se ocultaban. San Juan le replicó sonriendo que ése era el lugar en que se sentían más seguras. Tan sólo allí podían defenderse y estar a salvo. Y así había de hacer también ella, continuó diciéndole; huir de las criaturas y zambullirse en lo hondo y centro, escondiéndose en él.

Muchos años después, en una carta a la priora, San Juan le envió el siguiente, y jocoso, mensaje: «Y a nuestra hermana Catalina, que se esconda y vaya a lo hondo». ¿No hacía eso mismo Craso al contemplar en silencio a su pez, o el propio Admeto, al seguir de reojo las entradas y salidas del dios: esconderse, ir a lo más hondo? Es obvio que el toro de Faralis siempre estará ahí, en los grandes salones del mundo, emitiendo su melodioso canto. Pero el buen lector no tiene por qué estar a su lado. O no al menos a todas las horas, y en todos los momentos. Esa otra cultura, la del hueco en la puerta, la del resquicio inesperado, le enseña que el único camino para que pueda escuchar al fin la lengua de las cosas mudas es permanecer escondido. Y desde esta perspectiva hasta la crisis de la institución literaria puede ser vista como una bendición. Tal vez así, como quería Enzensberger, pueda conseguir más fácilmente que le dejen en paz.

Una historia verdadera

Hace un tiempo dos conocidos novelistas coincidieron en mostrar públicamente su preocupación por el porvenir de la ficción. Venían a decir algo cuando menos paradójico, que un exceso de ficciones podía poner en peligro la existencia misma del arte de narrar, y con él las raíces mismas de nuestra cultura, que tiene en el relato uno de sus más poderosos aliados. Pero una cuestión como ésta sólo puede dilucidarse si previamente hemos dado respuesta a otra de muy distinto calado. ¿Por qué los hombres, me refiero, claro, a las personas adultas, ya que con los niños tal pregunta carece de sentido, necesitan las ficciones para vivir? Es más, ¿por qué en un mundo como el nuestro sigue teniendo tanto prestigio leer? No me refiero a leer un libro de historia, o un tratado de ciencias políticas, sino a leer una simple novela. Es decir, un libro donde suelen contarse las cosas más insólitas y disparatadas, cosas que probablemente nada tienen que ver con la vida de quien lo adquiere, ni es fácil que lo tengan alguna vez, y cuya lectura, en términos económicos, o de inversión productiva, sólo puede significar una pérdida de tiempo.

En una novela reciente el narrador principal es un niño que todavía no ha nacido. Habla desde la barriga de su madre, y muestra además una rara competencia para describir lo que no puede ver ni comprender. Por si esto no bastara, su hermano es un extraño detector de voces perdidas. Y así le escucharemos hablar con un piloto desaparecido, con su padre ausente y otras criaturas de ese barranco de la memoria y los sueños que son los arrabales de la Barcelona de la postguerra. La novela nos conmueve, sin embargo, desde sus primeras páginas, y una vez iniciada no podremos dejar de leerla. Desde un punto de vista lógico, se trata de un auténtico disparate, y su lectura, como la de tantos libros semejantes, debería pertenecer al terreno de los vicios inconfesables. Y sin embargo no es así, y, en la actualidad, llevar un libro bajo el brazo, lejos de sonrojarnos, nos hace parecer mejores (y eso lo saben muy bien los políticos que enseguida se aprestan a declarar públicamente sus preferencias lectoras). ¿En qué se basa este prestigio? ¿Qué hace, por ejemplo, que un personaje como Don Quijote siga provocando con sus desatinos esa corriente no sólo de simpatía, sino de abierta admiración, una admiración que no sólo alcanza a los lectores más o menos incultos sino a académicos, filólogos e historiadores? No deja de ser extraño que decenas de universidades y prestigiosos profesores dediquen su precioso tiempo al estudio de las mínimas variaciones del texto de Cervantes, como si el porvenir de nuestra cultura llegara a depender de que una letra hubiera sido cambiada por un apresurado linotipista; ni que tantas y tan rigurosas horas de estudio se pongan al servicio de un libro que cuenta la historia de alguien que de existir en el presente sería conducido inmediatamente a un psiquiátrico y puesto ciego a neurolépticos.

Creo que es aquí donde la llamada de atención de nuestros novelistas cobra su verdadero sentido. Pues no se trata tanto de postular una actitud reverencial hacia el mundo de los libros y sus paraísos artificiales, sino de mantener vivo ese raro mecanismo intelectual que nos permite identificar la ficción dentro de lo real. Pero ¿por qué esto habría de ser necesario? Eudora Welty, la magnífica escritora norteamericana, contestó a esta pregunta afirmando que el elixir que el novelista necesita para elaborar una historia sólo puede obtenerlo de la vida real. Pensemos en la última película de David Lynch. En ella se nos cuenta la historia de un anciano que decide recorrer varios centenares de kilómetros en un cortacésped para reencontrarse con su hermano, al que no ve desde hace años, y poder reconciliarse con él antes de su muerte. David Lynch y su guionista tomaron esos datos de una noticia que apareció en las páginas de los periódicos. ¿Qué les llevó entonces a titular la película *Una historia verdadera*, en vez de *Una historia real*, que sería a todas luces más lógico? Recordemos la fórmula de Eudora Welty: una vida puede contener una esencia, pero es el recuerdo, la repetición en la imaginación, el que nos dará el elixir que nos permitirá componer con ella una historia. «Se puede soportar todo el dolor si se lo pone en una historia o se cuenta una historia de él». Es decir, la historia, el mundo de la ficción, revela el significado de aquello que de otra manera seguiría siendo una secuencia de meros acontecimientos. Pondré un nuevo ejemplo. Aún tenemos reciente en nuestra memoria el papel representado por un grupo de jóvenes en el programa *Gran Hermano*. Reunidos en una casa, que era vigilada hasta en sus rincones más apartados por decenas de cámaras de televisión, tenían que comportarse, no como podrían haberlo hecho en una telenovela, sino tal y como supuestamente lo hacían en su vida ordinaria.

Para lograrlo debían situarse en ese grado cero de la historia en que la ficción todavía no existía y la realidad de lo que eran podía mostrarse sin mediación. ¿Pero es esto posible? O aún mejor, ¿qué precio hay que pagar para lograrlo? Uno alto sin duda, pues el espectáculo resultante no pudo ser más desalentador. Creo que la explicación es muy simple. *Gran Hermano* nos ofrecía lo real, sí, pero sin el anhelo de lo verdadero. Justo lo contrario que la película de David Lynch. En ella, un anciano se transforma, gracias al poder de su tenacidad, en un personaje de ficción. Es decir, alguien que no sólo lleva a cabo acciones impensadas, sino que lleva en sus manos ese elixir con que podemos transformar la vida. ¿Pero transformarla en qué? En el lugar de la significación.

Eso nos dicen las ficciones. Tu misión es hacer de tu vida una historia verdadera. ¿Pero qué significa esto? Nos encontramos frente a esa eterna disociación entre la verdad y la realidad que no ha dejado de torturar a los hombres, y que es sin duda el descubrimiento más doloroso a que se tienen que enfrentar los niños y los adolescentes en su crecimiento. O dicho con otras palabras, al descubrimiento de que la verdad de una vida, de cualquier vida, esa verdad hecha de nuestros sueños, y deseos más secretos, no cabe enteramente en lo real. Por eso necesitamos el mundo de la ficción, y por eso la advertencia de nuestros novelistas es pertinente y, a la vez, gravísima. Nos dice que lo importante no es tanto lo que nos sucede, como la forma en que somos capaces de transformarlo en nuestra imaginación. Recordemos la escena en que Jacob luchó con el ángel. Isak Dinesen escribió que Jacob sabía perdida esa lucha, pero también que antes o después tendría que volver a vivir ese momento en su recuerdo, y que si luchó con el ángel fue para estar preparado cuando tal momento llegara. «No te soltaré hasta que me bendigas», le dijo. El anciano de la película de David Lynch no buscaba otra cosa. De hecho, si quería visitar a su hermano era para recibir su bendición. El momento de la bendición es el momento en que obtenemos el elixir que nos permitirá transformar nuestra vida en una historia que se pueda contar. Todo lo que somos depende de ese instante tan incomparable como extraño. Porque esa segunda vida que alcanzamos a tener gracias a la imaginación ¿qué otra cosa puede ser sino lo real acogiendo a lo verdadero?

EN CONTRA DEL LOBO

La lectura y los niños

Todos estamos de acuerdo en que los niños lean, pero no sé si lo estamos tanto en cuándo deben empezar a hacerlo ni, sobre todo, por qué razón. Una de las grandes conquistas de nuestro tiempo ha sido sin duda la generalización de la enseñanza primaria. Gracias a ella los niños, no importa su raza, sexo o el estamento social a que pertenezcan, tienen la posibilidad de acceder a ese gran caudal de conocimientos y de experiencias que es la cultura de los pueblos. Es una tarea apenas iniciada. La enseñanza obligatoria ha sido un gran avance pero aún estamos lejos de haber resuelto con ella ese reto a que nos enfrentamos como padres y educadores, la transformación de los niños en personas humanas libres, responsables de sus acciones y de sus proyectos. No hay duda de que la lectura es indisociable de este proyecto de honda raigambre ética. Insistimos tanto en que los niños deben leer porque creemos que leer es una de las vías más directas a ese alimento que, como el maná bíblico, puede hacernos más capaces y libres.

Pero leer no es sólo aprender a deletrear, a descifrar los distintos signos gráficos que componen las páginas de las cartillas y los textos escolares. Leer es escuchar lo que guardan las palabras, y lo que pueden guardar son muchas cosas distintas, desde una información concreta —un nombre, un encargo— hasta ese balbuceo inasible del lenguaje de los místicos y de los amantes. Hay, por eso, muchos tipos de lectura. Podemos leer con un fin pragmático, adquirir ciertos conocimientos, enterarnos de ciertos hechos; o con la determinación febril con que esos personajes inolvidables que fueron Alonso Quijano y madame Bovary trataron de encontrar en los libros el acceso a una vida más plena y fecunda.

Por eso, si decimos que los niños deben leer es porque pensamos, como afirma Fernando Savater, que es bueno para ellos, para su propio bienestar. «La lectura tiene que ver con el deber ser, con el anhelo de una vida en que lo prodigioso y lo sorprendente coexistan con lo banal y lo cotidiano». Leer es así, para los niños, como cruzar ese Arco de los Leales Amadores descrito en el Amadís de Gaula, y alcanzar a través de él una realidad más verdadera que la que le rodea, donde pueda sentirse un ser humano completo, capaz de decidir y elegir por su cuenta. Es la promesa que contienen todos los cuentos, la de una autorrealización personal. Diversos estudios han demostrado su papel esencial en la formación del niño. Le informan de sus anhelos, de sus temores, pero también le dicen que una serie de sentimientos negativos (el odio, la rivalidad, la furia) no son sólo privativos de él, y que tal vez no podamos elegir lo que nos pasa, pero sí aprender a reaccionar ante ello de una forma o de otra.

Por eso y aunque antes he dicho que hay muchos tipos de lecturas, creo que la verdadera es sólo aquella en que no perseguimos un fin definido, sino más bien exponernos, abrirnos a ese otro que somos. El niño quiere aprender, y necesita historias que le cuenten lo que es el mundo y lo que pasa en su interior, pero sobre todo que le hablen de lo prodigioso, porque la verdadera vida es siempre indisociable de la espera y la realización del prodigio.

Los hermanos Giorgio y Nicola Pressburger escribieron un precioso libro que se llama *El elefante verde*. Un comerciante judío tiene un sueño en que ve a un elefante verde en el patio de su casa. Acude a un rabino para que se lo interprete, y éste le dice que ese sueño significa que en su vida tendrá lugar un prodigio. El hombre espera lleno de fe, pero su vida transcurre con los problemas y las dificultades de siempre, y el añorado prodigio no termina de producirse. En su lecho de muerte llega a una conclusión, ese prodigio no sucederá en su vida sino en la de su hijo. Le manda llamar y le cuenta el secreto que ha marcado su vida, diciéndole que ahora es él el que debe esperar a que esa promesa se cumpla. Y éste lo hace así, aunque con el mismo éxito que su padre, ya que también él esperará un año tras otro en medio de las mayores calamidades, y también él cuando ya sea un anciano tendrá la convicción de que serán sus hijos gemelos los que verán realizarse al fin el ansiado prodigio. La novela termina con esta tercera generación, y a esas alturas ya hemos descubierto que la pregunta acerca del sentido de ese sueño no nos preocupa. Y no lo hace por una sencilla razón, porque algo nos dice que el prodigio ya se ha cumplido, que tiene que ver con el hecho mismo de que ese sueño haya llegado a existir, y que haya podido transmitirse de unos a otros. Es el mismo mensaje de los cuentos. La vida que vivimos todos los días no es la verdadera vida, y la misión de los cuentos es hablar de esa realidad oculta, de ese elefante verde, que antes o después terminará por revelarnos su verdadero secreto; también decirnos que ninguna vida puede bastarse a sí misma y que cada uno de nosotros necesita de la compañía y la proximidad de los demás para alcanzar una vida de plenitud. Tal vez por eso los verdaderos cuentos no tienen moraleja, o si la tienen no importa demasiado cuál pueda ser, pues que éstas siempre se relacionan con las modas y usos de la época en que fueron escritos, y el sentido último de los cuentos siempre tiene que ver con las aspiraciones y los anhelos más hondos del existir humano.

Hace unos años pusieron una hermosa serie por televisión que se llamaba *El cuentacuentos.* Recuerdo uno de esos episodios. Era el cuento de un gigante que en vez de corazón tenía un nido de avispas, y que sembraba la desolación por donde quiera que iba. Se encontraba con un niño, y éste después de servirle como criado lograba descubrir el escondite donde ocultaba su corazón. El gigante perdía su poder, y sus víctimas, vencido el hechizo que les había transformado en figuras de piedra, le daban la muerte. *El cuentacuentos* se preguntaba entonces si tal vez no hubiera sido mejor haberle dejado vivir. Hablaba incluso de otras versiones, en algunas de las cuales el niño devolvía al gigante su corazón, con lo que éste se volvía un ser infinitamente apacible. Pero el final era lo de menos, porque lo único importante del cuento era que un niño y un gigante se hubieran conocido alguna vez, y que esa historia de su amistad hubiera tenido lugar en el mundo. Porque por encima de la utilidad concreta de los cuentos, de la ayuda que puedan proporcionar a los niños en alguno de sus problemas, lo que importa es haber llegado a transmitirles al contárselos el sentimiento de que la vida es más amplia que lo que nuestras razones y conveniencias creen, y que la misión de la literatura es devolvernos esas posibilidades incumplidas.

No creo por eso que debemos preocuparnos más de la cuenta de que los niños lean. La única incitación a la lectura que creo posible es la que puede nacer de nuestro afán no tanto de que el niño se acostumbre a tener libros a su lado y a leerlos con devoción sino de que escuche los cuentos, y cuantos más y más veces mejor. Que acertemos a contárselos con convicción, transmitiéndoles ese temblor que ocultan, el sentimiento de su maravilla y de su extrañeza. Porque basta que un niño oiga hablar de un elefante verde para que al instante quiera saber más, y de ese cuento podamos pasar a otros nuevos, y que así, con sólo iniciar uno de ellos, abramos las puertas de su interés a todos los cuentos que existen. Es un interés natural, que no cabe forzar y que se alimenta por sí solo. Pero, ¡ojo!, debemos tener, como el judío de la novela de los hermanos Pressburger, algo que contarles. No cualquier cosa, sino algo con lo que estemos verdaderamente comprometidos, de lo que llegue a depender nuestra vida. Haber tenido un sueño y, aun no sabiendo lo que significa, no querer que se pierda. Si nuestros niños dejan de leer, o nunca han tenido ese hábito, si no llegan a interesarles los cuentos, será en definitiva porque nosotros, la comunidad en la que han nacido ha dejado de ser visitada por los sueños, y hace tiempo que no tiene gran cosa que contar, ni de sí misma ni del mundo que la rodea. No les culpemos por ello, preguntémonos nosotros, como el gigante del cuento, dónde se oculta nuestro corazón y qué ha sido de los sueños y los anhelos que una vez lo poblaron.

El pájaro de oro

Todos los cuentos de Jacob y Wilhelm Grimm terminan bien, al contrario de lo que pasa con Perraul y con Andersen, por poner dos ejemplos no menos ilustres. Con Perrault, porque su naturaleza ilustrada le hace servirse de los cuentos para impartir una lección, haciendo que la voz del moralista se imponga con demasiado frecuencia a la del narrador; con Andersen, porque suele servirse de ellos para hablar de su vida más escondida, y ésta no fue feliz, ni espaciosa, ni llena de aventuras.

Puede decirse que el final feliz era una exigencia común a todos los cuentos tradicionales. Cuentos, es verdad, que escuchaban con gusto los mayores pero que estaban pensados para ser contados a los niños, y los hermanos Grimm los reescriben con ese propósito esencial. Y esa es una razón más que suficiente para que tengan que terminar bien. Dado que lo que quiere el adulto cuando cuenta cuentos a los niños es informarles acerca del mundo, y de los peligros que puede encontrarse en él, pero sobre todo tranquilizarles, llevar a ese mundo siempre extremado, que es el mundo de la infancia, un poco de serenidad y mesura.

Pero el final feliz no comporta sólo una opción moral, sino algo que es aún más importante, una opción amorosa. Un cuento es una guarida, un nido. Y lo que los padres están ofreciendo a los niños cuando se los cuentan no es sólo una enseñanza acerca del mundo sino un lugar de sosiego, de cobijo, al amparo de la desgracia. Lo sorprendente es cuando pensamos en los materiales con que están hecha las paredes de esa casa. Crímenes terribles, traiciones, cuerpos fragmentados, rastros de sangre, se alternan con pájaros de oro, facultades envidiables, alianzas insospechadas, vuelcos inauditos del corazón. Porque esta es la maravilla de los cuentos, no nos engañan acerca de cómo es el mundo. Ofrecen al niño un cobijo, pero sin impedirle la contemplación de la realidad contradictoria y desnuda. Por eso los psicoanalistas los aconsejan. Según ellos, en los cuentos de hadas se dramatizan los conflictos básicos del ser humano, en su fase de crecimiento, y esta es la razón de que los niños deban escucharlos. Verán reflejados los grandes dramas de su corazón y aprenderán a elaborar estrategias para superarlos. También descubrirán que tales conflictos no son privativos suyos, sino que son propios de todos los hombres. Es decir, podrán sentir celos espantosos, o deseos homicidas, sin sentirse condenados por ellos a un destino de monstruosidad y daño, porque como se nos dice en los cuentos el problema no es lo que nos pasa sino lo que somos capaces de hacer con lo que nos pasa. Desde esta perspectiva el final feliz tendría una función integradora, el acceso a una unidad de conciencia superior, donde esos conflictos quedan superados, o al menos dejan de dañar.

Veamos lo que pasa en *El pájaro de oro*, uno de los cuentos más conocidos de los hermanos Grimm. Un niño debe buscar un pájaro de oro y un zorro, al que previamente ha salvado la vida, le dice lo que tiene que hacer.

El pájaro está en el interior de un palacio, y debe aprovechar la noche, y el sueño de los guardianes, para entrar a buscarle. Hallará al pájaro junto a dos jaulas, una de oro y una de madera. Bajo ningún concepto debe coger la de oro, si no quiere exponerse a graves complicaciones. El niño sigue literalmente las indicaciones del zorro pero al final, no puede resistir la tentación de la jaula de oro, y la roba, precipitando su desgracia, pues el pájaro se pondrá a cantar despertando a sirvientes y soldados del palacio.

Tiene que pasar una segunda prueba, y esta vez es un caballo de oro lo que debe encontrar. Junto al caballo hay dos monturas, y el zorro vuelve a advertirle que tiene que desdeñar la de oro. Pero el muchacho vuelve a desoír sus consejos, y se ve obligado a participar en una tercera prueba, el rescate de la princesa de oro. Y una vez más, el paciente zorro acude a su llamada para aconsejarle. Esperará a que la princesa se quede sola y entonces le dará un beso, con lo que quedará bajo su poder, que es el poder del amor. Pero debe impedir que se despida de sus padres, pues si lo hace ninguno de los dos podrá abandonar el palacio.

Es difícil no sentirse conmovido ante estas imágenes. El pájaro de oro en la jaula de oro, el caballo de oro y su montura de oro, la princesa de oro en el dormitorio de sus padres, son recursos admirables que contienen toda una teoría sobre el final feliz. ¿Pues qué otra cosa pueden significar sino una perfección contraria a la idea de la vida, que siempre pide la mezcla, la impureza, la contradicción? Tener el pájaro de oro en una jaula pobre, siempre nos hará sospechar que no es ese su lugar, y nos recordará que viene de otro mundo. Lo que no es distinto a lo que nos pasa con el caballo. Ni siquiera con la princesa y su empeño en despedirse de sus padres antes de alejarse. Los niños tienen que escapar de sus padres si quieren crecer. No hay acuerdo ni bendición posible, de forma que esa marcha, el robo perpetrado en la noche, no supone una resolución de los conflictos sino una vuelta al lugar inicial, donde todas las preguntas vivían. «No te pertenezco», eso nos dice el pájaro de oro desde su jaula gastada. «Estoy en tus establos de paso», nos dice el caballo de oro con sus arreos vulgares. «Nunca sabrás quién fui antes de conocerte», nos susurra la princesa de oro.

Es claro el simbolismo del oro. Representa lo que ya está completo, el ser en su esplendor y su acabamiento. Los hombres de otros tiempos creían que los metales maduraban en el interior de la tierra, y poco a poco se transformaban en oro. Los alquimistas, mediante la magia, trataban de acelerar ese proceso, y conseguir en apenas unos días lo que la naturaleza habría necesitado siglos enteros de secretas transformaciones. Es pues un símbolo de eternidad, pero también de cumplimiento. Pero si el proceso está cumplido la vida no puede seguir. En los cuentos los tesoros se mezclan con los objetos reales. El oro es devuelto a la mezcla, a la impureza de los días. Por eso, al tiempo que abundan en ellos los objetos y animales de oro, también lo hacen los muchachos y las muchachas dormidas, y Blancanieves y Zarzarrosa son los ejemplos más ilustres. No es extraño, pues oro y sueño están íntimamente relacionados. El pájaro de oro, el caballo de oro y la princesa de oro, viven en castillos donde todos están dormidos. En realidad lo que hará, con la ayuda del zorro, el muchacho protagonista es visitar el mundo de los sueños y traerse de él esas criaturas perfectas. Por eso el pájaro de oro no puede ir en su jaula de oro, ni el caballo de oro con su montura real, ni la muchacha mantener su fidelidad a sus padres dormidos, porque de lo que se trata es de arrancarles del sueño y traerles al mundo real, y para eso es necesario traicionar ese mundo. El canto del pájaro al sentirse en su verdadera jaula, o el relincho del caballo o la protesta airada de los padres representan su protesta por ser arrancados de esa perfección sin conciencia.

Con Blancanieves y Zarzarrosa las cosas no son distintas. En realidad tanto la madrastra de la primera, como la malvada y desairada bruja de la segunda se comportan como los alquimistas. Transforman en oro el cuerpo de las muchachas y les apartan de la vida. Eso es una muchacha dormida, una princesa de oro. Una princesa condenada a permanecer eternamente igual a sí misma, a no ser que medie un gesto liberador, que es siempre, a la manera de los gestos de los maestros del zen, un gesto absurdo o, cuando menos, inesperado. Y tanto el beso furtivo del príncipe a Zarzarrosa, como el tropezón de los que cargan la urna de cristal donde reposa Blancanieves, o la impiedad del muchacho al impedir a la princesa de oro que se despida de sus padres, son, cuando menos, gestos extraños, desviados, con su inequívoca carga de perversidad. El príncipe de Zarzarrosa, aprovecha el sueño de una muchacha para besarla, lo que en principio no resulta muy honorable; los enanitos que han velado interminablemente la urna de cristal en la que reposa Blancanieves terminan entregándosela al primero que pasa por allí, y será esa decisión la que propicie el tropezón que desplace el trozo de manzana de su garganta cerrada; el muchacho de *El pájaro de oro* debe mostrarle implacable e impedir algo que parece tan natural como que una muchacha se despida de sus padres para conseguir arrancarla de su lado. ¿No se confunden acaso los palacios de la Bella Durmiente y el de la Princesa de Oro, no están ambos llenos de seres dormidos? ¿No está lo que duerme protegido, como el cuerpo hechizado de Blancanieves, en una urna de cristal? Aún más ¿oro, cristal y sueño no nos vienen a decir lo mismo, que no toquemos, que pasemos de largo? De hecho, en otros cuentos el sueño es considerado, al lado de la fiebre, la enfermedad, el dolor físico, uno de los mensajeros de la muerte.

También las protagonistas de *La niña de los gansos* o de *Los seis cisnes*, viven apartadas de todos, aunque ellas no dejen de hacer cosas. Se parecen a Cenicienta, que también ha sido desplazada de su puesto, y que también tiene que trabajar interminablemente, sin poder contar a nadie la verdad de lo que la pasa. En esa exclusión las muchachas adquieren facultades extrañas. La niña de los gansos, habla con el viento, con la cabeza de su caballo; Cenicienta con la naturaleza, la princesita muda de *Los seis cisnes* aprende a interpretar el sentido de los sueños. Ninguna se rebela, son infinitamente obedientes. Se amoldan a su adversidad con una calma que nada perturba, como si supiesen que el mundo es así, pero también como si no dejaran de confiar. Una espera activa, eso es su obediencia. Pero la obediencia no es sólo un estigma, el de su pertenencia a ese país de dormidos, es una forma de restablecer la alianza, y de preparar por lo tanto el regreso. Eso es lo que significa, en *La Cenicienta*, la pérdida de la sandalia de oro en la escena del baile. Cenicienta no sólo le está pidiendo al príncipe que la busque sino, sobre todo, que no quiere su traje de oro. Quiere ser una muchacha real, en un mundo real. Sus hermanastras sí ansían ese traje, y por eso sufrirán terribles mutilaciones.

El final feliz que nos proponen los hermanos Grimm, representado por el pájaro de oro en la jaula de madera, supone en definitiva una vuelta al mundo, que es también el lugar donde las preguntas vuelven a renovarse, pues la vida nunca termina de hacerse. Esto es lo que pasa en *Los seis cisnes.* Su protagonista trabaja tejiendo camisas de ortigas, con el único empeño de devolver a sus hermanos, transformados en cisnes por un hechizo, su auténtica figura. ¿Pero qué significa el final? ¿Por qué si la muchacha logra terminar a tiempo su tarea y tejer dolorosamente las camisas para sus hermanos, una de ellas tiene que quedar incompleta condenando al más pequeño de los príncipes a vivir ya para siempre arrastrando la desgracia de su terrible deformidad? El ala de cisne significa muchas cosas pero sobre todo, como la jaula de madera, impide que todas las preguntas queden contestadas y que el final se cierre de una forma demasiado abrupta, con el olvido completo de todo lo que sucedió. En *Hänsel y Gretel*, los pequeños protagonistas logran burlar a la bruja y regresar a su casa llenos de tesoros, pero no hay niño que al escuchar este cuento deje de preguntarse por qué la casita del bosque era de chocolate.

Todo es espantoso en este cuento admirable. El abandono de los padres de sus propios hijos, la pérdida en el bosque, la llegada a la casa de la bruja. Y sin embargo, esa casa, la casa en la que habrán de morir, no es un lugar lúgubre, lleno de telarañas, de animales que reptan, de fuentes teñidas de sangre, sino el lugar en el que a todos los niños del mundo les gustaría vivir. Una casita de chocolate, hecha de dulces y todo tipo de golosinas. Hänsel y su hermana Gretel llegan a esa casa y empiezan a comérsela. Se comen el tejado, las ventanas, todo lo que pillan. Claro que aquí se trata de una trampa. Es la bruja la que ha dispuesto un lugar así para tentar a los niños y hacerles que se queden. Cuando estén gorditos será ella misma la que se los coma. La casita de chocolate se transforma en la casa del horror; de la misma de forma que el palacio de oro es el reino de la muerte.

Eso lo saben muy bien las madres. Saben que no pueden dar a sus hijos todo lo que éstos les piden porque entonces estarían construyendo para ellos una jaula de oro, en la que luego no podrían vivir. Tal vez merezcas un lugar así, les dicen, pero yo no puedo dártelo. Es más, si alguna vez lo encuentras recuerda que lo tienes que abandonar. Por eso les piden que abandonen la casita de chocolate. Si no lo hicieran ¿cómo querrían regresar del bosque? Todos los cuentos hablan de ese regreso. Pero el final feliz, tan necesario para decir a los niños que si se esfuerzan obtendrán su recompensa, nunca debe despejar todas las dudas, a riesgo de estar engañándoles. Todos los verdaderos cuentos dejan ese rosario de preguntas, preguntas que seguirán viviendo más allá de su final. El final feliz sólo significa eso, que es posible instalarse sin angustia en el reino de la incertidumbre. ¡Y qué inmenso es ese mundo! Concluido un cuento todas las preguntas sin contestar volverán a vivir. ¿Por qué la casita de la bruja era de chocolate, por qué dejamos atrás cabezas que hablan, zorros que nos ayudan a vivir, muchachas dormidas, palabras encantadas? ¿Tenemos que renunciar a todo eso?. La respuesta es el ala de cisne. Busca en ti, nos dice ese ala. En algún lugar de tu cuerpo, encontrarás un resto, una escama, una pluma, un trocito de cresta, algo que indica ese origen. Vivir es aprender a descubrir en el otro, y en uno mismo, esos restos encantados, y encontrar la manera de que se integren en el mundo. Nunca será posible sin provocar un trastorno. Y así como el príncipe debe aprender a vivir con su ala, la Bella Durmiente tendrá que hacerlo con su terrible propensión al sueño, o Blancanieves con esa afición loca que sin duda le habrá quedado por las cosas menudas, recuerdo de su tiempo en el bosque en compañía de los enanitos. ¿Y qué decir de la Niña de los Gansos? ¿cómo puede extrañarnos que cuando vaya al mercado le de por hablar con las cabezas de los animales sacrificados? ¿Era tan mala Salomé al pedir la cabeza de San Juan, o sólo estaba queriendo lo que todas las muchachas del mundo, que aquellos que aman les hablen sin parar?

Y los padres ¿qué papel tienen en todo esto? Cuentan cuentos a sus hijos pero saben que no deben servir al que duerme. El amor no es una urna de cristal, no es una jaula de oro, ese es el mensaje de los enanitos. Los padres tratan de explicar esto a los niños y prepararles para la vida. Pero también, sería absurdo negarlo, les cuentan cuentos para verles dormir. Les ven un momento y luego se van. Los enanitos son los padres que lloran. Han quedado hechizados por esos príncipes y princesas de oro que son todos los niños, y saben que antes o después tendrán que dejarles partir. Por eso los cuentos también son buenos para ellos. Les sirven para prepararse ante el dolor que inevitablemente sentirán cuando les vean crecer.

Historia del dodo

El dodo vivió en la isla Mauricio hasta su extinción, a finales del siglo XIX. Columbiforme del tamaño de un cisne, con cabeza y pico grandes, alas cortas, impropias para el vuelo, y patas robustas de cuatro dedos, fue un animal más bien torpe, que apenas se sabía defender. Pero aún había otra cosa. Como todas esas criaturas que han crecido al margen de amenazas reales, el dodo era extremadamente confiado y tranquilo. Tanto que cuando los primeros marineros europeos, sobre todo franceses, empezaron a recalar en la isla, los dodos no tenían ningún reparo en acercarse a ellos e incluso seguirlos y llegar a comer de sus manos. Para su desgracia tenían una carne delicada y aromática que enseguida hizo las delicias de todos cuantos desembarcaban en aquellas costas.

Empezaron a caer a decenas, pero ni aun entonces los dodos parecieron desconfiar y seguían acercándose a los barcos plácidos y serenos. ¿Quién sabe por qué? Tal vez porque había algo en la figura de los hombres que les movía a una contemplación inacabable de sus costumbres y actividades, tal vez porque la confianza estaba tan arraigada en su naturaleza que aunque vieran capturar y despedazar allí mismo a uno de los suyos eran incapaces de guardar en sus corazones esa memoria del dolor sin la que la supervivencia no es posible.

Fueron como esas criaturas de los cuentos que después de permanecer por un tiempo en las ciudades reales regresan melancólicas a su mundo de sombras. ¿No parecían provenir de la visión de Isaías del Monte Santo? ¿Por qué ese lugar en que el lobo vivía junto al cordero, el león comía paja junto al buey y el niño de pecho jugaba en su cuna con víboras y alacranes que jamás le causaban daño no habría sido el lugar perfecto para los apacibles dodos? No tengo ninguna duda, porque lo paradisiaco no pertenece al reino de la necesidad, sino al de la libertad, la libertad entendida no como el ejercicio de lo propio, el drama tantas veces airado de la privacidad, sino como búsqueda y cuidado del otro. ¿Y ese cuidado que nos lleva a imitar y a seguir a aquel o aquella que amamos, y a proyectarnos en el espacio más amplio de lo colectivo, no guarda acaso la esencia del paraíso? Lo paradisiaco no está en el gesto del que toma para sí lo que necesita ni en la ciega satisfacción que esto le reporta, sino en el del que entrega su propio ser. El niño que imita a escondidas a su madre, poseído de un inexplicable temblor; la ninfa Eco, cuyo amor por Narciso sólo pudo expresarse en la reproducción reiterada hasta la locura de su voz adorable; o los pobres dodos, acercándose a las hogueras de los marineros, sin saber que ese fuego que les atraía, el resplandor de los rostros humanos en aquel círculo aceitoso, era el anuncio de su próxima consumación, son los verdaderos garantes de esa pervivencia del paraíso en la Tierra.

Volver el mundo común, de eso tratan todos los cuentos del mundo. Ellos nos dicen que el individuo en su aislamiento no es nunca libre; y que sólo llegará a serlo si adquiere la facultad de ponerse en el lugar del otro. No comprendo cómo en el Parlamento no se leen cuentos, cómo no los leen los políticos ni los jueces. Hablan del mundo de la infinita posibilidad, nos animan a seguir en nuestro empeño, nos hacen ver las cosas desde varios lugares a la vez. Son sin duda las mayores armas políticas que quepa imaginar, pues en ellos, como afirma la gran filósofa alemana Hanna Arendt, «no está en juego la vida sino el mundo».

Somerset Maugham dijo que el narrador era el que apaga la luz (que es también el título de un hermoso libro de relatos de Juan Bonilla). Su figura se confundiría con la de ese anciano que, al amparo del fuego, cuenta historias que sirven para facilitar el delicado tránsito entre la vigilia y el sueño, y que, por fin, cuando todos duermen, se retira en silencio. Es el último que se va, el que espera a que todos estén acostados y a salvo. Porque contar un, cuento no es distinto a construir una casa. Pero, ¡ojo!, las casas de los cuentos no son como las nuestras, ese lugar cerrado, en el que al relegar al individuo a la esfera de lo privado, se le priva de lo que le hace irrepetible. Están abiertas, tienen cuartos ocultos, pasadizos que las comunican con un exterior tal vez amenazante, pero cargado de promesas. Son ámbitos de ternura y reconocimiento, sí, pero también de extrañeza. El narrador se aleja por esos pasadizos, al apagar la luz, en busca de los cuentos que a la noche siguiente volverán a reclamarle. No es difícil saber lo que quiere, pues su mundo es contrario a ese mundo magnificado por todos los que entonan cada mañana «el canto terrible de la exaltación y el cultivo del conformismo».

Los cuentos se rebelan contra esa estrecha visión, porque su mundo es el mundo de la otredad. Ese mundo en que las fronteras se hacen permeables, y en que criaturas y hechos que antes parecían incompatibles entran en relación: lo orgánico y lo inorgánico, el mundo animal y el humano, los niños y los adultos, los hombres y las mujeres, los vivos y los muertos. Percibir esa relación no es sencillo, exige reflejos, falta de prejuicios, la actitud de no dar nada por sabido porque en cualquier momento puede suceder lo imprevisto. No es raro que sea así, porque el mundo no es un lugar acabado. Depende de nuestras acciones, de nuestra capacidad de iniciar algo, y de lo que este algo sea capaz de desencadenar. Y los cuentos nos descubren cuán imprevistos pueden ser los caminos que nos vemos obligados a recorrer y cómo muchas veces son los más extraños de esos caminos los que nos conducen al corazón de los demás.

Pero ¿de verdad dicen esto? ¿Acaso lo que sucede en los cuentos puede tener cabida en ese mundo que llamamos real? Mark Twain dijo que una mina era un agujero hecho en la tierra por un mentiroso. Eran los tiempos de la fiebre del oro, y bastaba un simple comentario acerca del lugar donde abundaba el preciado metal, para que decenas de aventureros se embarcaran sin más comprobaciones en empresas que la mayoría de las veces les llevaban a la destrucción. Cuando alguien nos cuenta un cuento no se comporta de manera distinta. Nos advierte sobre ese descubrimiento, nos señala un lugar en el mapa donde también nosotros podemos acudir a buscar. De forma que, parafraseando al gran escritor norteamericano, podemos afirmar que un cuento es un agujero hecho en la tierra por un mentiroso. ¿Sólo por un mentiroso? Para saberlo, como hacían los buscadores de oro, hay que acudir a esa llamada. El que luego haya merecido o no la pena dependerá, claro, de lo que encontremos, pero mucho más de la actitud con que nos entreguemos a la tarea de buscar.

En compañía de Alicia

En una sesión del Congreso, uno de nuestros diputados, queriendo criticar la actitud triunfalista del Gobierno, declaró que el presidente debía de creer que estaba en el País de las Maravillas. Me extrañó la referencia a la obra de Lewis Carroll en semejante contexto, y, sobre todo, que no provocara al momento un murmullo de desaprobación entre el resto de los diputados, como respuesta a su absoluta inadecuación. Aunque bien pensando, el hecho no es tan extraño, pues referirse al famoso país que visita Alicia como aquel en que se cumplen todos nuestros sueños es uno de los tópicos de nuestro lenguaje coloquial. Sólo que *Alicia en el País de las Maravillas*, el cuento que Lewis Carroll concibiera durante un misterioso paseo en barca en compañía de una niña que le tenía literalmente sorbido el seso, no trata en absoluto de eso. Ni el extraño país en que tienen lugar las aventuras de Alicia tiene que ver con ese reino de Jauja que es el reino al que, después de múltiples vicisitudes, suelen llegar los personajes de los cuentos infantiles y donde por fin obtienen la felicidad y el anhelado autorreconocimiento. Ésa es la originalidad del libro de Carroll, sin duda uno de los más singulares, hermosos y raros de la literatura; imprescindible no tanto para los mórbidos buscadores de sueños como para los curiosos, los extravagantes y los que tienen un genio algo desviado, pues el país en que la pequeña Alicia se interna al perseguir a un conejo pertrechado de reloj y chistera no es aquel en que nuestros deseos habrán de cumplirse, sino el de la zozobra, el del júbilo siempre extraño, incluso amenazante, y el del desvarío gozoso y un poco loco de nuestra razón.

El psicoanalista Bruno Bettelheim escribió hace unos años un afamado y, sin duda inteligente libro, en que revelaba hasta qué punto los cuentos de hadas eran expresión de nuestros deseos y anhelos más básicos. Pero Alicia no es exactamente esto, y si siguen encantándonos sus aventuras es en gran parte porque somos incapaces de dilucidar de dónde proviene el placer que nos producen, ni en qué sentido son de verdad maravillosas. De hecho, todo cuanto le pasa a su pequeña protagonista, al contrario de lo que suele sucederles a las princesas y heroínas de los cuentos, antes que ver con lo que nos preocupa o nos inquieta, tiene que ver con lo que nos desconcierta (que es algo bien distinto). No con nuestros deseos, sino con lo que ni siquiera sabíamos que se podía desear. Gran parte de los cuentos que existen se estructuran sobre el tema de la pregunta. Podrían resumirse en el cuento de Barbazul. Hay una prohibición, la de no abrir una puerta, y un desafío, el de una muchacha a quien la curiosidad hará remover Roma con Santiago para descubrir el misterio del cuarto cerrado. Alicia pertenece a la estirpe de las muchachas preguntadoras. En su caso se trata de alcanzar a un conejo que ha visto corriendo por la hierba. Le persigue hasta su cueva, momento en que cae por un pozo y penetra en ese mundo oculto y extraño en el que vivirá una sucesión inaudita de aventuras que nos harán dudar de los poderes de nuestra propia razón. No hay peligro, parece decirnos Carroll, pues se trata sólo de un sueño. Y, en efecto, Alicia abre los ojos en el último capítulo del libro y al descubrirse en el regazo de su hermana mayor se pone a contarle atropelladamente lo que acaba de soñar antes de alejarse corriendo de allí. Su hermana se queda sola y todas las pequeñas criaturas del sueño de Alicia cobran vida a su alrededor. La alta hierba parece esconder los merodeos del Conejo Blanco, el ruido del estanque vecino se confunde con los chapoteos del Ratón, los cencerros de las ovejas con el tintinear de las tazas de porcelana en la merienda de la Liebre de Marzo, y los mugidos de unos bueyes con los sollozos acongojados de la Tortuga Artificial. Y entonces nos damos cuenta de que todas estaban ahí, sólo que no habíamos reparado en ellas. Es más, que nadie lo hace. Y por una razón bien sencilla, porque las criaturas de Carroll exceden nuestra naturaleza preguntadora. O dicho de otra forma, el País de las Maravillas (y más vale que nos acostumbremos a considerarlo ya para siempre así) no es el país de las preguntas, sino el de las respuestas. Pero de un tipo especial de respuestas, las respuestas que están de más, respuestas a preguntas que todavía no habíamos llegado a formular, entre otras cosas, porque no sabíamos que pudieran plantearse.

No se trata, en suma, del desafío de una puerta que al permanecer cerrada nos pregunta por lo que oculta, como en el cuento de Barbazul, sino del de una puerta que se sostiene sola, sin paredes ni nada, que excede su condición de puerta para transformarse en otra cosa: puerta en vilo, sin paredes ni casa, puerta sin puerta. Es decir, de algo que perteneciendo al país de la poesía es pura aquiescencia. Lo maravilloso, y ése es el gran descubrimiento de Carroll, no puede ser una respuesta a nuestras preguntas, sino a algo que ni siquiera se nos había pasado por la cabeza preguntar. Por ejemplo, una sonrisa que se resiste a pertenecer sólo al gato en que se originó, o una niña que visita un país al que nada en su razón le hacía suponer que pudiera encontrarse en el interior de un tronco hueco. ¿Pero no habría que acostumbrarse a ver también así el verdadero misterio de la poesía, de la literatura en su conjunto, y, por supuesto, del amor? ¿Como aquello que no ha surgido para responder a nuestros sueños y anhelos más íntimos, sino para estar dulce y pérfidamente de más, sin una función definida que cumplir en el roturado campo de nuestra identidad y de nuestra biografía? No la respuesta a nuestros deseos, deudora, por tanto, del reino de la necesidad, sino lo que excede a ese reino. En el río que corre a nuestros pies, no el presentimiento de los peces, del baño en el verano, de los paseos en barca; ni siquiera el mundo del ahogado, o de la pequeña sirena que en respuesta a nuestras congojas acude corriente arriba a encontrarse con nosotros en las noches con luna; sino el simple echarse a andar sobre las aguas... Lo que sucede es que no sabemos para qué.

En contra del lobo

Una de las tentaciones más frecuentes que asaltan al lector de nuestro tiempo al leer *Caperucita Roja* (el cuento de Perrault) es ponerse de parte del lobo. Juro que no es mi caso, pues siempre he sentido una profunda animadversión hacia tal personaje. Aunque esto no quiere decir que no encuentre justificable su conducta, como muy bien se ha ocupado en enseñarnos el psicoanálisis, que ve en esa conducta el símbolo de nuestros deseos más primitivos y oscuros. Sólo que en este cuento, al menos para mí, quien de verdad me parece insustituible no es el lobo, por otra parte siempre tan previsible, sino Caperucita, que es un verdadero encanto. Abandona su casa para llevar la comida a su abuelita, que, dicho sea de paso, tampoco tiene nada de vulgar, ¿pues qué haría de otra forma viviendo en el corazón del bosque, apartada de todos?, pero se encuentra con el lobo, y se detiene a hablar con él. Es más, llena de maravillosa candidez, entra en su juego sin desconfiar (eso es ser cándido, tener confianza).

Pero Perrault, que no se caracteriza por su espíritu poético, la toma con ella hasta transformarla en una ecuación desustanciada de su apocada reflexión moral. Y, claro, el que no puede merecer nuestra simpatía es el lobo, que lo que es en realidad es un psicópata como la copa de un pino. Pues no se trata del lobo común, el animal que vive en los bosques reales, en medio de la nieve y el frío, y que se limita a tomar lo que necesita, sino de un ser extraño que ha probado las dulzuras del corazón humano, y que contaminado por ese alimento, sólo vive para repetir su festín.

Y sin embargo, Perrault, demostrando su verdadera talla como escritor, salva in extremis su cuento con la escena de la sustitución. El lobo corre a casa de la abuelita después de despistar a la niña, se la come y ocupa su lugar. Y Caperucita entra en esa casa y a pesar del aspecto que ahora ofrece su abuela, dando muestras una vez más de su maravillosa inocencia, corre gustosa a su encuentro. Comienza entonces ese diálogo insustituible en que la niña va preguntando al lobo disfrazado de abuela por las peculiaridades de su terrible aspecto, y en que éste lo relaciona hábilmente con los sentidos agrandados por la excitación del amor. Siempre que un niño nos pide que le contemos este cuento tendremos que detenernos esa escena. Repetir la retahíla terrible y encantadora hasta el bocado final. Y, entonces, habremos entendido el verdadero sentido del cuento, que no puede ser en absoluto autorizar los excesos del lobo. No poner en nuestro cuerpo el corazón de los lobos, sino hacer que éstos tengan el corazón de los hombres. Es decir, no el lobo haciendo de abuelita, sino la abuelita haciendo de lobo. Recuperando al hacerlo ese contacto con las fuerzas libres del mundo que compartimos con los animales salvajes. Es decir, que nada hay más deseable que hacer del cuerpo del otro, y de nuestro propio cuerpo, un alimento, y del amor un banquete. Pero hay que saber detenerse en ese punto en que aún el daño no existe. Ser capaz de esa pirueta última que transforma el terrible mordisco en una afirmación gozosa no tanto del poder de quien lo da sino del cuerpo que lo recibe. En que el lobo recuerda, en definitiva, que lo que es, en realidad, es una abuelita con el grado justo de perversidad.

RECUPERAR LO PERDIDO

La mirada de una oveja

En una de las crónicas de la conquista de América hay un expresivo relato sobre el efecto que la visión de las llamas y alpacas produjeron en la expedición de españoles junto a las costas de Perú. Pizarro y sus compañeros habían recorrido miles de kilómetros cuando avistaron en el mar algo parecido a una casa flotante. Se trataba de una gran barca donde los incas se desplazaban con sus mejores galas, cargando todo tipo de productos y animales. Entre ellos, llamas y alpacas, que los españoles no habían visto nunca, y que enseguida les sorprendieron, pues les recordaban ovejas, sólo que desprovistas de su mansedumbre. Ovejas que caminaban erguidas, en una actitud de orgullo y desafío que no parecía propia de un animal doméstico.

Todas las tierras generan una abundante literatura encaminada a definir aquello que les constituye, desde un punto de vista geográfico o antropológico, y con ella, numerosos tópicos o lugares comunes que, una vez establecidos, no será fácil combatir. Así, los vascos serían hombres de acción, amigos de las armas y de las hazañas bélicas; los castellanos, distantes y un poco autistas; los gallegos, desconfiados; los catalanes, unos materialistas, y los andaluces, algo insustanciales. Pero estos tópicos están lejos de responder a la verdad de las gentes que pueblan todos esos lugares. Por ejemplo, raras veces se menciona la niebla cuando se habla de Castilla. Sin embargo, Valladolid es una ciudad con abundantes nieblas invernales, y en mis recuerdos la niebla ocupa un lugar relevante. La imagen del páramo, de la llanura inmensa, apenas alterada por pequeños y pelados tesos, sí forma parte, sin embargo, de esa imagen manida de lo castellano. Un paisaje que, no sin razón, ha sido comparado con el del mar. Recuerdo los viajes por esos lugares, casi siempre acompañando a mi padre, que iba con frecuencia al pueblo desde Valladolid para atender la labranza y su granja avícola. Pero la tierra que veían mis ojos desde la ventanilla del coche era una tierra cubierta de los verdes campos de cereales, con pequeñas laderas salpicadas de chopos, olmos, encinas y carrascales, plagadas en primavera de las hermosas y dulces flores de la jara y de la retama. Una tierra donde podían hallarse todos los insectos del mundo, los zapateros y los caballitos del diablo junto a las charcas, los feroces mosquitos en las alfalfas y en las tierras de regadío, las pertinaces moscas junto al ganado y en el interior de las casas; pero en la que también abundaban las caballerías y los otros animales domésticos, gallinas, ovejas, cerdos y vacas; y, por encima de todo, los perros y los burros, que siempre fueron mis preferidos.

Y es curioso, pero esa tierra nada tiene que ver en mi memoria con la austeridad. Nuestros amigos del pueblo eran divertidos, ocurrentes y audaces, capaces de los mayores atrevimientos; y recuerdo a las chicas de allí, siempre agitándose como palomas, riéndose hasta cuando fregaban las escaleras, lo que solían hacer a gatas, dejando frente a ellas un rastro de húmeda luz. Nuria

Amat, en su último y precioso libro, recuerda a una de estas chicas fregando cansinamente el suelo, y compara su figura con la de un caracol. Mi recuerdo va unido a la velocidad, casi al júbilo. Caracoles con los cuernecitos levantados, dejando aquel rastro transparente de babas sobre el que daban ganas de poner los labios. También recuerdo las carreras en bicicleta, los baños llenos de gritos en el canal, las persecuciones por los patios y la presencia constante de animales imprevisibles y no menos veloces que nosotros: los vencejos, los ratones, los peces escurridizos, las ranas, los conejos y las abubillas, que eran aves de hermosos y coloreados plumajes que parecían haberse desviado de su ruta y estar preguntándose por lo que hacían en aquellos campos pelados, lejos de las selvas y de los aullidos de los monos. Un mundo de velocidad, de rápidos destellos, al que sucedía la quietud de las siestas, del tiempo que se inmovilizaba en las lentas tardes de verano, donde hasta el vuelo de una mosca tenía el sonido de los helicópteros y de los pequeños motores de explosión.

Y sobre todo, la conversación, el don inagotable de la palabra. Es curioso, pero jamás recuerdo a Castilla como un lugar de silencio, sino un lugar locuaz, animoso, hecho de conversaciones inagotables. Las de nuestros amigos, las de las chicas de servicio, las de los adultos que, en compañía de mi padre, íbamos a visitar mientras trabajaban. El guarnicionero, el carpintero, el herrero y tantos otros, entre los que destacaban los gitanos. En ese tiempo había muchos en el pueblo y se dedicaban básicamente a comerciar con ganado. Eran hábiles vendedores y su locuacidad no conocía fin. Tampoco su poder de seducción. Mi padre lo sabía y, aun así, se prestaba a sus tratos. Eran capaces de venderle cualquier cosa, porque no podía resistirse a aquel lujo de su invención verbal, a aquella capacidad para sorprender, para encontrar argumentos disparatados, salidas brillantes, casi siempre inciertas, que, sin embargo, arrojaban sobre aquella tierra un manto de invención y de alegre fantasía, más verdadera que muchas de las otras supuestas verdades con que luego se la definía.

No creo que el escritor invente nada. Escribir es asomarse a un lugar preexistente, y dejar constancia de lo que se halla en él. La imaginación es la facultad que nos permite dar con los resortes que abrirán sus accesos. Creo haber visitado a lo largo de mi vida varios de esos lugares esenciales. El lugar donde se abrazan los amantes, el lugar donde duermen los niños, aquel otro desde el que nos miran los animales, ese dulce y terrible donde un ser querido nos tiende su mano antes de morir... Todos están vinculados a Castilla. Sé, sin embargo, que sólo podría definir estas tierras diciendo que fue en ellas donde adquirí la tímida, y a menudo dolorosa, costumbre de visitar tales lugares de la alteridad. Nada nuevo, sin duda, que no creo necesario hacer explícito. Para los incas, las llamas estaban lejos de ser animales exóticos. Vivían a su lado y se confundían con nuestras pacientes ovejas, eso era todo. Claro, que es entonces cuando empieza el verdadero problema, un problema ante el que las preguntas por lo vasco, lo catalán o lo castellano, por ejemplo, no son sino tediosos y, a menudo, sombríos juegos de mesa. Porque, ¿sabemos acaso lo que oculta la mirada de una oveja?

El anillo y el emperador

Italo Calvino nos recuerda en uno de sus libros una historia deslumbrante. Es una vieja leyenda que, como todas las historias que de verdad importan, habla de la posibilidad del prodigio. Tiene por protagonista al emperador Carlomagno, y en ella se nos cuenta como siendo casi un anciano se enamora de una muchacha alemana. Es una pasión incontenible, que le hace desinteresarse de los asuntos de su gobierno, llevándole a vivir tan sólo para su dicha. Pero, cuando más alarmada está su corte, la muchacha muere víctima de una enfermedad fulminante. Todos respiran con alivio, pensando que ese hecho devolverá la razón a su emperador, obligándole a ocuparse de nuevo de sus responsabilidades. Pero nada de esto sucede. Carlomagno no sólo se resiste a dar por concluida la historia de su pasión, sino que se niega a enterrar el cuerpo de la muchacha, con el que se encierra en las habitaciones de su palacio. Pasan los días, las semanas, y nada da a entender que su locura vaya a conocer fin. El emperador ya ni siquiera abandona su palacio, en el que reina un incomparable silencio. Alarmados por estos hechos antinaturales los consejeros piden al arzobispo de Turpín que intervenga. Éste aprovecha una breve ausencia de su señor para entrar a escondidas en sus aposentos. La muchacha está muerta pero su cuerpo resplandece en el lecho con el brillo rotundo de la vida. Examina ese cuerpo y bajo su lengua encuentra un anillo mágico. Enseguida lo comprende todo. Es ese anillo el que la hace vivir, haciendo posible que sus encuentros amorosos con el Emperador sigan teniendo lugar más allá de la muerte. Arranca el anillo de su boca y el emperador pierde al instante su interés por la muchacha, a la que por fin pueden dar sepultura.

Pero cuando el hechizo parece vencido el arzobispo vuelve a comprobar el inmenso poder del anillo, que ahora hace que el emperador le transforme a él mismo en el centro de su solicitud amorosa. Es un espectáculo sorprendente. El emperador siguiendo embelesado al arzobispo por los corredores de su palacio, buscando su compañía a todas las horas del día, como si sólo su proximidad pudiera calmar sus inconfesables anhelos. Asustado por esta pasión ilícita, y consciente del poder maléfico del anillo, el arzobispo decide desprenderse de él. Escapa del palacio y lo arroja a escondidas al lago Constanza. Todo parece resuelto, hasta que un día el emperador pasea junto a ese lago y se queda fijo en la contemplación de sus aguas. Se ha enamorado ahora del lago, y ya hasta el final de sus días sólo vivirá para visitarle en secreto y permanecer en su orilla abstraído en una interminable contemplación.

Nadie que haya escuchado esta historia puede dejar de preguntarse por el significado del anillo maravilloso. Devuelve la vida a una muchacha que acaba de morir, transforma a un arzobispo en objeto de una pasión tan prohibida como incomprensible y, finalmente, hace que el lago a que ha sido arrojado se transforme en el más deseable de los reinos. Su poder es dar vida, pero también relacionar realidades opuestas, revelando esa filiación oculta que nos emparenta no sólo con los otros seres de nuestra especie, sino con las rocas y los minerales, los ríos y los peces que recorren sus aguas. Todos los mitos están llenos de historias así. Historias que revelan que el hombre no está solo, que forma parte de la creación, y que su naturaleza no es distinta, por tanto, a las de los animales, los árboles o las fuentes. La mitología griega abundaba en estos tránsitos inesperados entre los mundos. Animales que traspasaban ese límite de su mudez e irrumpían gloriosos y adorables en el mundo de los hombres, pero también seres humanos que se transformaban en plantas, fuentes silenciosas, o fenómenos atmosféricos. El anillo de nuestra historia simboliza la fuerza que mantiene abierta esa posibilidad.

No es difícil saber por qué. Los amantes se intercambian anillos, para significar lo decisivo de su unión, y su convencimiento de que, como en la historia de Carlomagno, su amor será capaz incluso de vencer el imperio de la muerte. Su misma forma lo avala. Los anillos son redondos, y esa forma —el círculo— es la forma básica de la vida. Los indios americanos cuando empezaron a ser conducidos a las reservas lamentaban tener que vivir en casas cuadradas, convencidos de que esa forma les separaba de las fuerzas de la vida, y que perdían por ello parte de su poder. Sus tiendas, el aro mágico de sus ceremonias, de sus danzas rituales, debían seguir el trazado del círculo, pues sólo ese trazado guarda la esencia del universo. Los planetas son circulares, como lo son sus desplazamientos en el espacio dilatado, y los giros de las partículas más elementales. También las semillas, las células, los capullos que tejen los gusanos, las telas de las arañas, el corro de los danzarines y los niños, hasta la música de las poetas, serían inconcebibles sin esa redondez de la forma.

Pero esa tensión germinadora, esa fuerza que une las cosas, que se enfrenta a la dispersión infinita de la vida, qué es sino la fuerza la imaginación. El anillo, en suma, es un símbolo de la imaginación, porque es gracias a la imaginación, como ha escrito Octavio Paz, que logramos abrirnos a «esa vida que nuestros sentidos no siempre alcanzan a definir ni nuestra razón a comprender». No es cierto por eso que mientras leemos no estemos viviendo. Leer es una forma de atención, tal vez la más alta, a esa vida escondida que no deja de renovarse. Todos los que leen lo saben. Gracias a los libros han concebido pasiones absolutas por caballos, elefantes, airosas muchachas, jeques árabes, corsarios, lores ingleses. Han bajado al centro de la tierra, perseguido el rumbo de los galeones, han sido transportados con otras criaturas dolientes al mercado de los esclavos, y se han enamorado de montañas y de lagos no menos esplendorosos que el lago de la historia que Italo Calvino nos recuerda.

Leer es recibir ese anillo. Descubrirlo en los lugares más inesperados y prolongar por él la larga cadena de la vida, una cadena en la que todo cabe, porque la vida no sería nada sin la posibilidad del prodigio. No es difícil entender a qué quiero referirme cuando hablo de lo prodigioso. A que el mundo tal vez no sea un lugar justo, pero que hasta en los instantes en que mayor es el dolor nos basta con extender las manos para alcanzar una brizna de su belleza inagotable. El anillo, que es el símbolo de la imaginación, pone en nuestras manos esa belleza. Tal vez no nos promete la felicidad, pero sí nos enseña que la vida es un don demasiado precioso, y que basta con que aprendamos a hacernos dignos de recibirlo para hacer de ella el reino de la infinita posibilidad.

El elefante blanco

Todos recordamos esa hermosa novela de Ray Bradbury que se llama *Fahrenheit 451*. La orden de quema de los libros y el empeño de unos pocos por conservarlos en su propia memoria, recitándoles una y otra vez, en las largas horas de soledad, para evitar su olvido. Es una idea a la que es difícil permanecer indiferente, y que nos incita a preguntarnos por el libro que cada uno de nosotros trataría de preservar en una ocasión así. Por mi parte y, entre la lista innumerable de libros que me gustaría salvar, me decido hoy por uno de cuentos. Es anónimo y se titula *Cuentos jataka* (que son cuentos de la tradición budista, protagonizados por animales). Lo hago porque entre ellos figura uno de los cuentos más extraños que haya leído nunca (y además porque su corta extensión, apenas dos hojas, me permitiría asumir la responsabilidad de memorizarlo con cierta garantía de éxito).

Un hermoso elefante vive solo en las estribaciones de una montaña y se encuentra con un grupo de personas. Vienen lamentándose porque andan perdidos y apenas pueden resistir el hambre y la sed. Formaron parte de una inmensa y riquísima caravana, pero después de múltiples vicisitudes ellos son los únicos supervivientes. Le preguntan al elefante por el camino que deben de seguir para llegar a la ciudad más próxima, pero éste les contesta que la distancia que les separa de ella es excesiva, y que nunca podrán alcanzarla en su estado, por lo que deben pensar antes en descansar y recuperar sus fuerzas. Allí mismo —añade— entre las piedras, hay un pequeño arroyo para satisfacer su sed, y a su lado el cuerpo de un elefante de cuya carne pueden alimentarse pues acaba de morir. Y dicho esto el elefante blanco se despide de ellos y desaparece. Sube a lo alto de la montaña y se arroja sin dilación al vacío, confiando en que cuando los hombres lleguen al lugar que acaba de indicarles encuentren su cuerpo aún tibio junto al agua que corre a su lado y puedan satisfacer su apetito. Así ocurre, pero ellos le identifican al momento y entristecidos por su muerte evitan en principio comer su carne. No tardan en cambiar de opinión. Se dan cuenta de que sólo haciéndolo, repartiéndose aquel cuerpo inmenso y benigno, serán fieles a su memoria y harán que su sacrificio no haya sido inútil. Y ese alimento no sólo les da fuerzas para alcanzar la ciudad, sino que a través del recuerdo les ayuda a permanecer justos y nobles el resto de sus vidas.

Este es el relato. Y me doy cuenta ahora, al terminarle, que no podría explicar la razón exacta de mi elección. Tal vez porque hablar de los libros que nos gustan supone hacerlo de los instantes que dedicamos a su lectura, y porque creo difícil no experimentar cuando leemos bien un sentimiento semejante al que debió de ocupar el corazón de los peregrinos de este relato cuando después de comer y beber se alejaron de aquel arroyo: el sentimiento de haber participado en el reparto de un alimento desconocido, y que a partir de ese instante ya nada volvería a ser igual. Tal vez porque no concibo la literatura sin la imaginación, y la imaginación tiene que ver necesariamente con el misterio. Y ese relato es, sin duda, uno de los más misteriosos y extraños que puedan existir. Y por una sencilla razón, porque su tema es la bondad. Alguien que se hace cargo de algo, que lo hace sin un motivo aparente que lo justifique, sin que él mismo pueda explicarse por qué, que se ocupa de mantenerlo y cuidarlo y que, llegado el caso, será capaz de ofrecer su vida sin exigir nada a cambio. La bondad tan vinculada a la gracia, que hace que la gracia alcance de nuevo a las criaturas devolviéndolas con creces todo lo que creyeron perder.

¿Pero no es ese el reino de la literatura? ¿No leemos en definitiva tratando de recuperar todo lo que hemos perdido? Leer es participar en ese festín, el del gran elefante blanco, que es sin duda una criatura del paraíso.

En un cuento de *Las mil y una noches* un hombre se envenena al leer. Las páginas están impregnadas de una sustancia fatal que, al pasar las hojas, va penetrando por la yema de sus dedos hasta distribuirse por su sangre. Leer es querer ese veneno, querer vivir de ese alimento que sólo en alguno de nuestros sueños llegamos a probar. Por eso la imagen del lector extremado no es diferente a la del Artista del Hambre, a la de ese buscador famélico del relato de Kafka que se niega no tanto a alimentarse como a entretener su apetito con comidas zafias, torpemente condimentadas, y que sólo vive para anticipar el momento en que podrá participar de ese gran festín y en que verá compensada con creces su larga espera.

Recuerdo haber visto hace unos meses un reportaje sobre un lugar de Capadocia. Iba a tener lugar una boda, y antes de llevar a la novia a la que iba a ser su casa durante el resto de su vida, donde la esperaba su futuro marido, todas las mujeres del pueblo se reunían a su alrededor y cantaban interminablemente a lo largo de la noche. Eran canciones llenas de tristeza, en las que se despedían de ella para siempre. Al amanecer, y poco antes de su partida, ofrecían a la novia un espejo para que se despidiera de la que había sido hasta ese mismo instante. Esa imagen era su «ser no desposado», que se quedaría allí, junto a los que fueron suyos, mientras ella se iba alejando hacia su nueva vida. La hermosura de ese ritual, su penetración al enfrentar a la novia a esa parte de sí misma (la vinculada a su infancia y a los primeros años de su adolescencia) que nunca podría integrar plenamente en su vida adulta no puede dejar de conmover a quien alguna vez haya tenido noticia de él. Me es difícil no asociar esa imagen, la que la novia contempla en el espejo antes de abandonar su casa, con la del alma, con ese reino por ella frecuentado sin el que lo más íntimo y secreto de la experiencia poética no podría existir. Ese reino, el del alma, es el reino del lector. Leer es volver a encontrarnos, en secreto, a espaldas de todos, con ese «ser no desposado» que anda vagando de un lado para otro, recibirle y darle crédito.

Un mundo perdido

El libro de Michel Crichton *Parque Jurásico*, y la adaptación cinematográfica que de él hizo Steven Spielberg, han vuelto a reactivar la moda de los dinosaurios. Y está bien que sea así, porque es una moda maravillosa. Como la que llevó a chicos y chicas a patinar por las aceras de las calles, luminosos y exactos como los coletazos de los peces; o la que hizo, en un verano inolvidable, que todas las mujeres se rizaran el pelo y las calles de las ciudades recordaran las sendas de las caravanas y de los nómadas.

«A diferencia de homínidos y primates, que son de una monotonía desoladora, los dinosaurios están disponibles en una amplia gama de modelos —acuáticos, reptiles, aéreos y todo terreno—, lo que multiplica sus posibilidades narrativas», ha escrito Agustín Jiménez en una reciente crítica al libro de Crichton aparecida en el *ABC Cultural*. La conclusión es obvia, este nuevo regreso de los dinosaurios pertenece, sobre todo, al orden de la literatura. Pero la literatura es la hermana pobre de la memoria. Tiene que ver con lo que no sucedió, en la medida en que nada sucede como debe. William Carlos Willians dijo que la flor que entrega un enamorado es una flor soñada, y ciertamente es la imaginación la que nos ayuda a dar ese salto entre lo que fue y lo que debió suceder. La imaginación es el reino del deber ser, por eso es una facultad que pertenece básicamente al mundo de la infancia.

Es cierto, sin embargo, que los dinosaurios no son producto de la fantasía de los hombres, y que todo lo que sabemos de ellos es fruto de una paciente labor de investigación a la que decenas de científicos de todo el mundo han entregado gran parte de sus energías, y por la que han llegado a asumir riesgos impredecibles (piénsese, por ejemplo, en el paleontólogo interpretado por Cary Grant en *La fiera de mi niña)*. Conocemos gracias a ese esfuerzo la configuración de sus esqueletos descomunales, las distintas especies en que se dividían, y hasta sus costumbres y el grado de su ferocidad (fueron en general, y a excepción del terrible Tiranosaurio Rex, criaturas pacíficas y somnolientas, que vivían consumiendo mansamente montañas enteras de hojas). Hasta estamos en condiciones de aportar dos o tres teorías fiables acerca de su misteriosa extinción. Los dinosaurios pertenecen pues a la historia de nuestro planeta, pero están a la vez en ese límite que hace que apenas podamos discernir si son criaturas de nuestra memoria o de nuestra imaginación. Esa doble naturaleza es sin duda la que los hace tan atractivos ante la mirada de los niños, y explica el que un descubrimiento que pertenece al orden de la ciencia haya llegado a causar un interés tan llamativo entre ellos.

Me atrevo a señalar varias causas. Habitaron la Tierra en los primeros tiempos, y el interés por el origen es sin duda uno de los primordiales en la infancia. Un interés que se refiere a su propio nacimiento, y que alcanza al cuerpo de la madre (y no hay más que ver a la mayoría de estos grandes y magníficos saurios para darnos cuenta de que su mundo es también el mundo henchido de las formas maternas, y que el paraje por el que se movían sólo puede ser ese lejano jardín de la madre que, aunque también sujeto a las súbitas conmociones de la ferocidad, es el sitio gozoso de la Providencia).

Además su vida se desplegó sobre la Tierra antes de que el hombre hubiera despertado de su sueño. El interés por los dinosaurios es también el interés por la verdadera apariencia del mundo antes de que el hombre llegara a desvirtuarlo con ese exceso de determinaciones y exigencias que caracterizan a su racionalidad. Un mundo sin esas exigencias es, básicamente, para el niño, un mundo en el que le sería posible alcanzar unos privilegios desconocidos, cuando no prohibidos, por sus mayores. Por ejemplo, recuperar esa filiación secreta con los animales con la que ningún niño deja de soñar, y que le permitiría vivir entre ellos y llegar a entenderlos.

Walter Benjamin dice que la primera y más dolorosa renuncia del niño es la de la magia. Los dinosaurios le gustan porque parecen situarse en un espacio y un tiempo anterior a ese renuncia, donde todo era como debía ser, fabuloso, lleno de fuerza y de esplendor. Donde hasta el simple caminar por el suelo tenía una condición de revelación.

Este aspecto impresionante, terrible, se desmiente sin embargo por el hecho de que a pesar de todo se hayan extinguido. Porque los dinosaurios vivieron, y han dejado de vivir, como sucede con gran parte de las cosas que llegamos a amar. El mundo que habitaron los dinosaurios es por eso muy semejante al que los niños descubren en su propio corazón, lleno de anhelos fabulosos a los que, antes o después, tienen que renunciar, para dejar paso a esa patética imitación de la vida que es tantas veces la existencia adulta. Esa certeza, la de que ya no existen, es sin duda la que los hace tan semejantes a las criaturas de la imaginación y la que explica por tanto el interés que los niños sienten por ellos. Parecen remitir a un imposible, ser respuestas extrañas que sólo en el mundo de los cuentos, como los dragones, y las criaturas híbridas de los mitos, tienen la posibilidad de existir.

Su presencia actual es inseparable de esa idea, que les hace desamparados, infinitamente delicados y tristes, como todas las cosas que ya no tienen cabida en este mundo. Los dinosaurios nos miran desde esa distancia. Con una mirada adormecida, que parece venir de muy lejos, de otro universo, desde el que milagrosamente siguen mendigando su propio ser.

Un hermoso cuento de Monterroso evoca este sentimiento de milagro. Es de una brevedad subyugadora. «Cuando se despertó, el dinosaurio aún estaba allí». Este cuento nos habla de esa pobreza, de esa fragilidad infinita, que hace que su ser pueda evaporarse del mundo en un abrir y cerrar de ojos, por otra parte, como le suele pasar al nuestro. Pero también de que su milagroso permanecer es una cura para nuestro corazón. Porque el corazón del hombre es como el Arca de Noé, y en él deben tener cabida esas criaturas olvidadas, que ya no tienen lugar ni opciones entre nosotros. La imaginación es ese atareamiento en el Arca. Creíamos el mundo definitivamente cerrado y la imaginación viene a decirnos que no es así, y se ocupa ella misma de crear un lugar donde todo lo que creímos perdido vuelva a ser posible. Ese lugar, el Arca, es el símbolo de la heterogeneidad del ser. Abel Martín habría escrito de «la incurable otredad que padece lo uno». Estos libros, en que amables científicos se prestan a explicarnos sus investigaciones, las películas que hablan de sus posibilidades narrativas, la obra entera de Augusto Monterroso, llena de criaturas sabias y melancólicas, nos ayudan a reconocerlo. Hagámosles un lugar en nuestro corazón, al menos mientras esperamos el regreso a nuestras ciudades de los patinadores y de las caravanas.

La perspectiva amorosa

La puerta está cerrada, pero alguien ha hecho un agujero en su hoja y se percibe un exterior cálido, en el que vislumbramos un árbol, un cascabel y una casa de aspecto oriental. Se trata de un cuadro del pintor belga René Magritte, titulado *La perspectiva amorosa*, y lo primero que nos sorprende es que el agujero no se haya practicado en el muro, sino en el interior de ese otro agujero reglamentado que son todas las puertas que conocemos. ¿Pero una puerta abriéndose en el espacio de otra no es un gesto caprichoso, no conducirán ambas al mismo e inexorable exterior? Magritte parece decirnos que todo es una cuestión de perspectiva, y que no importa tanto lo que vemos como en qué lugar o disposición estamos al hacerlo.

Así, y frente a la puerta sin más, como tránsito razonable, previsto, dictado por los usos comunes, por el buen gusto, el hueco inesperado nos advierte sobre aquello que tal vez se nos oculta en el acto habitual, mecánico, de la visión. Es de esa actitud reivindicada por Magritte de la que me gustaría hablar hoy aquí. Una actitud que da lugar a un tipo peculiar de cultura, la que dibuja no la puerta sino el agujero en la puerta de nuestro cuadro. Una cultura que no persigue facilitarnos el tránsito a lo ya conocido, a un principio de realidad siempre sumido en ese narcisismo de las pequeñas diferencias de que hablara Freud, sino ayudarnos a encontrar los resquicios por donde sustraernos a sus más imperiosos preceptos.

A esa cultura del agujero en la puerta es sin duda a la que se refiere Jorge Santayana cuando escribe: «Pero la poesía es algo secreto y puro, una percepción mágica que enciende el entendimiento un instante, así como los reflejos en el agua, inquietos y fugitivos. Mi verdadero poeta es el que coge el encanto de cualquier cosa, cualquier algo, y deja caer la cosa misma. Su sentimiento es extático, irónico, musical, triste. Sobre todo involuntario».

Coger el agujero y dejar caer la puerta. Porque si la puerta es obra del espíritu, del logos, obra cívica que habrá de llevarnos por el camino de la racionalidad más estricta, el agujero (como aquellas troneras que en las puertas de las casas de los pueblos permitían entrar y salir a los gatos) es dominio de esa cultura de lo que queda que es el reino de la poesía. Pensemos en ese reino, y en lo que exige a aquéllos que quieren acceder a él. Hay un trastorno en las escalas, un juego que nos compromete, que nos obliga a lo que no podemos justificar; entrar y salir a gatas, morar en los espacios más exiguos, alimentarnos con lo primero que nos dan (como hacía Wittgenstein), vestir de cualquier manera, penetrar en ese mundo de lo minúsculo en que se ha cifrado siempre la verdadera espiritualidad.

O dicho de otra forma, la poesía, al tratar de resolver la enemistad entre la razón y la vida, sólo puede surgir de ese desafío mortal que implica la condición del amante, o la del ladrón. Pero no de cualquier ladrón, sino de un tipo especial. Un ladrón que no viniera a robar, sino a devolver a la humanidad lo que a ésta le había sido robado.

¿Está en crisis esa cultura? Mi tesis es que no, o que siempre lo ha estado, en la medida en que su naturaleza misma es resistencia frente a esa otra cultura de la puerta completa, de las paredes intactas y los interiores reglamentados. Esa cultura del protocolo y el amueblamiento. Es cierta la invasión del mundo de la imagen y, como consecuencia, la pérdida de prestigio del universo lector. Los cambios de todo orden se suceden a una velocidad de vértigo, y el hombre actual apenas tiene tiempo para asimilarlos. No me refiero sólo al hombre que podríamos considerar común. También entre el hombre culto de hoy y el de hace unas décadas hay diferencias esenciales. Hoy día, por ejemplo, sería difícil encontrar a un hombre, por muy culto que fuera, que conociera el latín y el griego. Que pudiera recitar de memoria a Homero o a Virgilio, o ciertos monólogos de Shakespeare. Las lecturas se suceden, pero nadie parece interesado en demorarse más de la cuenta en un libro, ni en aproximarse por tanto a ese ideal que hacía afirmar a Joyce que el lector verdadero debe de ser capaz de entregar su vida a la tarea de leer. El lector que alimenta con su elección las listas de libros más vendidos, que publican los suplementos de cultura de los periódicos, en nada se parece a ese misterioso lector.

Tengo por mi parte un convencimiento, que los cambios de los que tanto se hablan pertenecen exclusivamente a esa cultura externa, mayoritaria, que tal vez haga más fácil y placentera nuestra vida, a la manera en que lo hacen el aire acondicionado, o las calefacciones centrales, pero que nada esencial tiene que decirnos.

Es cierto que se han producido esos cambios, y a un ritmo vertiginoso, y que nuestra época olvida las aportaciones de las anteriores con la facilidad con que abandonamos cada tarde el periódico que hemos leído por la mañana. Antes hablábamos, por ejemplo, de que ya a nadie culto se le pide que sepa el latín o el griego, ni que sepa recitar de memoria los versos de Virgilio o Horacio. Me pregunto si esto es tan importante. No que no sean importantes en sí mismos Horacio y Virgilio, sino el que hoy día sus obras no sean aceptadas como valores culturales imprescindibles. La perdida de prestigio y autoridad de la institución literaria parece indiscutible en nuestros días. ¿Pero y si esto no fuera tan malo? ¿Y si favoreciera el nacimiento de una relación distinta con los libros, aquélla que por otra parte siempre han tenido con ellos los verdaderos lectores, aquéllos que, según Lezama, llegan a tener para una sola lectura la presencia y esencia de todos sus días? ¿Y si tal indiferencia estuviera propiciando esa sola lectura, si favoreciera a los escritores que, olvidados de ese papel rector, lograran concentrarse de una forma más decisiva en su propia tarea, ocuparse tan sólo de escribir mejor, de hacerlo como forma extrema de resistencia frente al mismo olvido, y la muerte del pensamiento? ¿No fue visto en muchos círculos de vanguardia el éxito mismo como un signo de corrupción artística?

El escritor alemán Hans Magnus Enzensberger después de afirmar en uno de sus ensayos que la poesía es el único producto humano que ha resistido todos los intentos de mercantilización, y citar una breve lista de escritores decisivos que optaron por una clase peculiar de oscuridad, Kafka, Bruno Schultz, Joyce, Singer, Vallejo o Celan, concluye que tal vez la crisis de la institución literaria no sea algo de lo que debamos lamentarnos en exceso. Pudiera suceder, al fin y al cabo, que la pérdida de esa autoridad moral que pareció investir a los escritores en otras épocas, llegara a favorecer su concentración y les hiciera escribir mejor (que es, en definitiva, lo que deben hacer).

Elogio del entusiasta

La mujer lleva un coche de niño y se detiene antes de cruzar la calle. Ordena la delicada colcha, las sábanas, mira y mira como si deslumbrada por esa blancura fuera a meterse dentro desafiando las dimensiones incompatibles, como si el coche estuviera lleno de agua y en cualquier momento fuera a inclinarse todavía más para beber de él. Es una mujer joven, y habla con su bebé que, por supuesto, y en sentido estricto, no puede entender lo que le dice. Pero ella no deja de hablar. Lo hace sin descanso, con el rostro iluminado por la excitación, presa de un apacible y alocado entusiasmo. Delira, y el bebé la contempla absorto y feliz, como si de un momento a otro, y cuando ella terminara de explicarle lo que la preocupa o divierte, fuera a contestarle en los mismos términos, o a contarle sus propias preocupaciones.

La bailarina, también muy joven, lleva un conjunto de chaqueta y jersey de punto, y una falda tableada. Forma parte de un grupo de danza y después de la actuación ha ido a distraerse a una discoteca, donde se pone a bailar. Tiene el pelo muy largo, hasta cintura; los ojos agrandados por el maquillaje, el rostro pálido e inexpresivo, y se mueve por la pista con la gravedad y el celo del que está acostumbrado a la escena. Su baile sólo consiste en dar vueltas, en un girar y girar sin fin. Pero es como si a impulsos de su obstinación el lugar entero, y con él todos los que la miran, las cosas mismas que hay a su alrededor, terminaran girando con ella, se acompasaran al movimiento circular, eterno, de los planetas, y de las partículas más elementales, como en un tiovivo imperceptible.

Las dos escenas no serían nada sin la confianza, sin esa fe decidida que crea su propio objeto, pero en las dos hay algo que existe por sí mismo, al margen de esa fe, como si las dos mujeres no se limitaran a imaginar determinados efectos sobre el mundo, sino que a través de su acción, de su delirio, llegaran a incidir realmente en él. «Fortis imaginatio generat casum», recordaba Montaigne. Es decir, una imaginación fuerte produce el acontecimiento. Winnicott ha escrito páginas admirables sobre ese movimiento de la adoración, sobre esa confianza de las madres en sus hijos recién nacidos, que adquieren la condición humana gracias a ese empeño suyo en tratarles, contra todas las evidencias, como si fueran seres humanos completos desde el instante mismo de su nacimiento; y es obvio que la entrega de ciertos bailarines a su arte, la invención de ese cuerpo sin ataduras, que nos ofrece la danza, nos revela los pasos perdidos de ese otro cuerpo, el del amor, capaz de sostenerse y andar sobre las aguas del sueño. Ambas, pues, la bailarina y la madre, han vivido como si las cosas fueran otras de las que son, y así han llegado a cambiarlas, haciendo incluso que lo que no había llegue a ser. Ambas han sido animadas por el entusiasmo que es la condición del amante.

«Amar una cosa —escribió Ortega—, es estar empeñado en que exista, no admitir, en lo que depende de uno, la posibilidad de un universo donde el objeto amado esté ausente». Por eso el enamorado hace trampas, se enfrenta a la realidad, desconfía de todo y de todos, pues tiene que defender lo que ama. Por eso, también, el entusiasmo que le une al objeto de ese amor está lejos de ser una virtud conformista. No hay desamparo mayor que el suyo, de la misma forma que no hay nada más terrible que la verdadera esperanza, que alguien imaginó como una niña con zapatos de plomo y grandes alas que la pesan, y que es siempre el afán por redimir a las cosas y a los seres de su no existir.

Por eso el entusiasta no se confunde con el optimista. Lleva una marca indeleble, queda obligado por el propio movimiento de su entusiasmo a la responsabilidad. En cierta forma se convierte en un guardián. No es el cauteloso, sino el atrevido, el que quiere llevar las cosas a ese más que desafía las argucias de la razón. No puede sustraerse a ese deber supremo, el de ocuparse ciegamente del objeto que ama, y aunque pudiera tampoco querría. Es el que siempre tiene cosas que hacer en relación a ese objeto, el que no puede permitirse debilidad alguna, pues, como las mujeres judías de que habla Primo Levi en su biografía, sólo vive para empeñarse hasta la locura en la tarea de hacerle existir. «Cada uno —escribe Primo Levi, refiriéndose a los instantes previos a la deportación de un numeroso grupo de judios italianos— se despidió de la vida del modo que le era propio. Unos rezaron, otros bebieron apresuradamente, otros se embriagaron con su última pasión nefanda. Pero las madres velaron para preparar con amoroso cuidado la comida del viaje, y al amanecer las alambradas espinosas estaban llenas de ropa interior infantil puesta a secar; y no se olvidaron de los pañales, los juguetes, las almohadas, ni de ninguna de esas cien pequeñas cosas que conocen también y de las que los niños siempre tienen necesidad. ¿No harías vosotras igual? Si fueran a mataros mañana con vuestro hijo ¿no le daríais hoy de comer?».

El reino del entusiasta, que se confunde con el de la poesía, es el reino de la infinita posibilidad, o dicho con otras palabras el reino del como si. La madre habla a su bebé como si éste pudiera entenderle, la bailarina como si el mundo entero girara con ella, las madres judías prepararan el equipaje y los juguetes de sus hijos pequeños como si éstos no pudieran morir. Y así el bebé llega a utilizar las palabras de los hombres, el mundo gira con la bailarina, y la hermosura de los niños judíos pasa intacta a nuestra memoria.

Esa ropa tendida al amanecer en las alambradas espinosas son los otros hechos del entusiasta.

Lo que pasa con un pájaro

Veamos lo que pasa con un pájaro. Contemplarlo en una rama, o estar pendiente de su canto o de su vuelo, requiere sin duda unos sentidos aguzados, pero también una mente despierta. Una mente capaz, por ejemplo, de responder a la pregunta de su estrecha relación con la cultura y, en general, con el mundo de la imaginación, pues pocas criaturas han despertado un mayor interés en el hombre que los pájaros. ¿Pero el pájaro de que nos hablan la poesía o la música, por ejemplo, se confunde con el pájaro real? Aún más, ¿cuántas formas hay de mirar a un pájaro? Creo que hay tres. Podemos verlo con los ojos del naturalista, con los ojos del narrador o con los ojos del poeta. El naturalista ve al pájaro real, el narrador al pájaro mensajero, el poeta al pájaro invisible. Ninguna mirada es superior a las otras, y las tres está secretamente relacionadas, ya que no son sino formas complementarias de abordar al pájaro único en su verdad inabarcable.

Pero vayamos por partes, y veamos lo que supone cada una de estas miradas. No es fácil ver al pájaro real, y esto lo saben tanto los cazadores como los ornitólogos. Requiere un largo aprendizaje de los sentidos. La mirada del naturalista, del escritor naturalista, exige una atención y cuidado especiales. También un sigilo. Miguel Delibes lo sabe y escribe para aproximarse al pájaro real. Él ha dicho muchas veces que carece de imaginación, y que tiene por eso que limitarse a contar lo que ve, pero esto, claro, no es cierto. ¿Pues qué es la imaginación sino la capacidad ver? La imaginación, para Delibes, es la facultad que nos permite acercarnos a las cosas. La tarea del escritor para él se confunde con la del cazador. El cazador no se inventa la caza. Sale en su busca. Sabe, eso sí, dónde buscarla, y cómo propiciar su aparición. Ver donde antes no se veía, es su arte. Delibes se limita a entregarnos el pájaro real. Nos dice dónde está ese pájaro, y nos indica el mejor lugar para mirarlo. Al nombrarlo lo hace visible. El nombre de ese pájaro es *Silencio.*

José Jiménez Lozano ve el pájaro pero se pregunta de dónde viene. Su mundo es el mundo narrado. No puede estar ahí por nada. Entra entonces en el reino de la memoria, y del pensamiento. Ese pájaro es un mensajero, anuncia algo. ¿Pero qué? Para responder a esa pregunta escribe. El pájaro real, se desdobla en un pájaro hecho de palabras, de la memoria de todos los pájaros que han visto los hombres. Es el segundo pájaro. No el pájaro real, sino la sombra que ese pájaro proyecta en nuestro pensamiento, en nuestra interioridad. Su imagen podría ser la de esos pájaros que de pronto entran en las casas de los hombres, que se posan un momento en los muebles y luego se van. Que nos obligan a preguntarnos por nosotros mismos. Su nombre es *Pensamiento.*

Francisco Pino ve el pájaro invisible. Es el pájaro de la poesía, que para él nunca consiste en conseguir, como el cazador, o perderse en la trascendencia, como hace el amigo del conocimiento, sino en buscar y andar perdido.

No quiere el pájaro cautivo, sino asistir al momento de su fuga. El pájaro que se pierde en la copa más alta, en la copa invisible del árbol invisible. El pájaro que no puede ser de nadie, porque la verdad no cabe en lo real. Su nombre es *Desconocer.*

Pero ¡ojo! el pájaro desconocido necesita hacerse real para tener un nombre, y el pájaro real una morada para hacerse verdadero. Tanto el escritor naturalista, como el memorioso, como el poeta, hacen del pájaro el símbolo de las palabras. Silencio, pensamiento y desconocer son los tres nombres del pájaro único que se posa. Leer a Miguel Delibes, a José Jiménez Lozano y a Francisco Pino es recibir por eso el don maravilloso del pajáro trino, completo.

El almohadón de seda

Recuerdo una película que ví hace tiempo. Una maestra va a un pueblo remoto donde vive una pequeña comunidad. Empieza a dar clase. Los niños parecen tristes, somnolientos, como si no se interesaran por nada. Es más, son increíblemente torpes. Apenas entienden las lecciones, escriben y leen con dificultad. Caminan arrastrando los pies por el suelo, y cualquier ruido les sobresalta. Por momentos, sin embargo, dan muestras de una agudeza sorprendente que desmiente la posibilidad de un déficit endémico. Empieza a desafiarlos y esos momentos incomparables aumentan ante sus ojos atónitos. Un día va con ellos de excursión. Fuerza una situación de inesperado riesgo, y los niños se excitan. Olvidan sus cuidados y se transforman de pronto en seres de una agilidad sorprendente. Su júbilo es desbordante, y la maestra comprueba que no sólo no es cierto que no puedan correr, sino que son capaces de movimientos y saltos portentosos, que incluso pueden llegar a transgredir la ley de la gravedad y a permanecer suspendidos en el aire.

A partir de ese descubrimiento todo cambia. La escuela se transforma en una reunión de magos. Los objetos van solos por el aire, los pensamientos pasan de unos a otros con la velocidad de los pájaros. La maestra descubre que se trata de un pueblo excepcional. Y alguien le revela su verdadera historia. Han tenido que desplazarse a ese mundo, pero en realidad pertenecen a otro. Un planeta que circunstancias adversas les han hecho abandonar, tal vez para siempre. Están aquí sólo accidentalmente, y su única aspiración es pasar desapercibidos al objeto de no llamar la atención sobre ellos y ni suscitar la agresividad o el rechazo de los habitantes de la Tierra.

Todos, en cierta forma, formamos parte de ese pueblo de desplazados. Todos tenemos ese cuerpo perdido, ese cuerpo armonioso y rotundo, dueño de facultades desconocidas, y tal vez terribles, dentro de nosotros; y todos, salvo en muy contadas ocasiones, nos vemos obligados a ocultarlo. El amor es una de las ocasiones en que se revela. El cuerpo del amor es comparable a ese cuerpo tan esperado como temido, ¿pues quién sabe lo que será capaz de pedirnos?, y tal vez el problema esencial de la vida del hombre es ser capaz de hacer compatible las apetencias de ese cuerpo con las de su racionalidad. Creo que es esa la tarea esencial de la literatura, hablar de esa otra naturaleza, de ese cuerpo perdido. Revelarlo y, a la vez, ganarlo para el mundo.

Tal vez por eso el único consejo que podamos dar a aquellos que se acercan por primera vez a la literatura es que desconfíen. Que miren a los otros como si guardaran un secreto, o como si fueran portadores de una historia desconocida que tienen que descubrir. También que basta un poco de atención, persistir en esa actitud de sospecha, para que antes o después, como los niños de nuestro pueblo de alienígenas, se traicionen y revelen en alguno de sus gestos o sus palabras esa otra naturaleza que ocultan. Lo literario, lo poético, es ese instante. Y siempre implica una sorpresa, y un temor, por las consecuencias que pueden derivarse de esa revelación.

Pero no sólo los libros, sino la vida de todos los días, la de cada uno de nosotros, está llena de instantes como estos. Fijémonos un momento en las páginas de un periódico. En su sección de sucesos, por ejemplo. Basta con leer con un poco de cuidado estas noticias para que veamos aparecer en ellas con frecuencia ese corte, ese instante de incandescencia, comparable, como querían los maestros del zen a una flor que se abriera súbitamente. Recuerdo ahora una de ellas. Una chica aparece muerta junto a un portal. La noticia relata escuetamente los hechos, el hallazgo del cadáver, las posibles causas de su muerte, y una fría descripción física, semejante a la que podría haber hecho un forense. Pero añade un detalle perturbador. Su cabeza descansa sobre un pequeño almohadón de seda. O dicho de otra forma, su asesino, antes de abandonarla ha tenido ese gesto último de incomprensible delicadeza, la de impedir que su cabeza repose sobre el frío cemento del suelo. Estamos en el reino de la literatura. Los practicantes del zen llaman *satori* a esa intuición instantánea, que equivale a lo que sentimos al percibir de golpe la respuesta a una adivinanza, la gracia de un chiste o la solución de un problema. Un instante de profunda comunicación con lo que sucede. No tanto de conocimiento como de desamparo y hondo embeleso, que sólo puede alcanzarse bordeando el disparate más absoluto, o, dicho en otras palabras, en el desafío de nuestra lógica (como implica un desafío que el que acaba de matar brutalmente a una muchacha se preocupe de hacer que su cabeza descanse sobre un almohadón de seda). La obra de Kafka está llena de personajes así, también la de Chaplin. Son los poetas de la existencia entendida como carencia de vida auténtica, pero también los sutiles estrategas que arrancan, gracias a su magnífica urbanidad, momentos absolutos de significado del desierto de la ausencia y de la temporalidad. El lugar que ocupan es el lugar de la plegaria. Ese puente tendido sobre la Tierra, descrito en uno de los últimos poemas de Milosz, que se dirige hacia ese otro lado donde las cosas nos revelan de pronto un sentido insospechado.

Tomemos otro ejemplo, la obra de Flaubert. No cuestiono su perfección pero me atrevo a afirmar que Flaubert no habría llegado a ser ese artista absoluto que sin duda fue si no hubiera escrito *Corazón sencillo*, ni concebido un personaje como Felicidad, su protagonista. Aún más, creo que ésta no habría llegado a ser esa sutil estratega, capaz de arrancar inesperadamente a la vida territorios de persuasión, sin la presencia del loro. Recordemos el breve argumento. Felicidad ya casi es una anciana cuando una familia vecina se muda del pueblo. Es una familia algo extraña, de indianos, que no parece haberse adaptado demasiado bien ni a los inviernos ni al rigor de las costumbres de la comarca. Antes de marcharse le regalan un loro. El loro muere un tiempo después y Felicidad llega a disecarle para no desprenderse de él. Su vida cambia por esa proximidad. Aparece en el lugar de la herida, y Felicidad pasa al acogerlo a formar parte de esa legión silenciosa de seres a los que algo les es asignado por un motivo misterioso, y que ya sólo pueden vivir pendientes de cumplir con el encargo que se les hace.

No sé lo que significa ese loro, pero sí que cambia por completo el sentido de la vida de Felicidad y, por supuesto, el de ese relato. Su presencia, como la del almohadón de plumas de nuestra noticia, supone una restauración de los vínculos con la vida, con ese Reverso del que habla el poema de Milosz escribe sobre la plegaria. Todos los aficionados a la literatura saben lo imprescindible que pueden resultar momentos así. Por una razón muy simple. Porque son demasiado a menudo como ese amante asustado que cuando ya ha asido el pomo de la puerta y está a punto de entrar en la estancia de la mujer amada, como Kafka en la de Milena, abre los dedos y retrocede. ¿Sólo por temor? No siempre. Muchas veces por atención a esa vida que se esconde.

Hemingway apenas necesitó tres líneas para resumir de un forma luminosa lo que acabo de decir. Pertenecen a una de sus novelas menos conocidas —*Al otro lado del río y entre los árboles*— en la que narra los amores de un casi anciano coronel, sin duda trasunto de sí mismo, y una muchacha. La pareja está en la habitación del hotel, y en ese instante ella, sin vanidad ni coquetería, vuelve la cabeza y se queda mirando a su amante. Y Hemingway, poniéndose en el lugar de este amante, escribe: «sintió que el corazón le daba un vuelco, como si algún animal dormido se hubiera revuelto en su madriguera, espantando deliciosamente a otro animal, dormido junto a él».

El corazón es comparado a un animal en su madriguera. La imagen ya nos parecería satisfactoria, pero Hemingway va aún más lejos y, en las que son para mí las líneas más perfectas de su arte, nos dice que ese animal que es nuestro corazón despierta a otro al agitarse que, inmediatamente, se interna delicioso e ignorado en la oscuridad. Pues bien, la literatura tiene ver con ese segundo animal que despierta. El primero es el campo tan vasto del deseo indolente, del interés diverso, del gusto inconsecuente, moviliza un querer a medias, un deseo a medias: el segundo viene a buscarme, pinchazo, agujerito, pequeño corte, que me sale al paso. No existe literatura sin ese punzamiento, sin ese desafío de todo cuanto creímos saber. Ni existe, por tanto, otra posibilidad de iniciar a alguien en ella que situarle ante esa insuficiencia de su propia lógica.

Tal vez por eso no conozco otra forma de hablar de literatura que la de llamar la atención sobre ese segundo animal. Ni otra recomendación posible para el que quiera acercarse a ella que la de que busque el loro, el almohadón de seda. Es decir, un suplemento, algo que se añade a la historia y que sin embargo está en la historia. Un punto de dislocamiento, de desacomodación. Edith Wharton, en uno de sus relatos de fantasmas, lo nombra de esta manera: «La casa era demasiado vieja, demasiado misteriosa y estaba demasiado inmersa en su propio pasado secreto, para que su pobre y pequeño presente se acomodase a ella sin dificultades».

La literatura, en definitiva, nos enseña a hablar de eso que se encuentra al otro lado de la puerta, algo que no puede explicarse, que no puede asociarse con las cosas comunes. Algo, sin embargo, tan viejo como el mundo, tan misterioso como la vida.

EL CORAZÓN HIPOTECADO

El inquilino de la vida desfigurada

«Cuando no escribo», anota Kafka en uno de sus diarios, «sólo me siento cansado, triste, pesado: cuando escribo, en cambio, la inquietud y la angustia me devoran». El escritor (como tantas veces el niño, o el neurótico) es el que parte en busca del miedo. Kafka lo sabe y escribe para sentir el peso de esa inquietud y esa angustia devoradora. Angustia metafísica, no psicológica; que se relaciona con la estrechez, con la dificultad, pero también con la llamada de algo más grande que todo lo que inspira temor, como si sólo el miedo (como sucede con el cuento infantil *Juan sin miedo)* pudiera ponernos en comunicación con la verdad.

Es cierto, por eso, que la mayoría de los personajes que pueblan los relatos de Kafka se sienten culpables y viven presos del temor a algo indefinido que excede ampliamente sus fuerzas; pero no lo es menos que casi siempre son depositarios de una fe. No importa en lo que se ocupen, esta fe les hace artistas. Por ella se entregan a investigaciones sin esperanza, en las que persistirán inexplicablemente, sobreponiéndose a la fatiga y a todas las dificultades, como si algo indestructible se guardara en el corazón del hombre y su misión fuera rescatarlo del olvido y de la indiferencia. «Somos los oprimidos por el silencio, queremos destruirlo, padecemos hambre de aire».

Esta búsqueda es siempre la búsqueda de una salida. Es la aspiración de los Artistas del Hambre y del Trapecio. También la de Gregorio Samsa, el protagonista de *La metamorfosis*. No es posible olvidar el argumento de esa novela perfecta. Gregorio Samsa, un oscuro oficinista, se despierta una mañana convertido en un monstruoso coleóptero. Pero Gregorio Samsa no se espanta ante la transformación que acaba de sufrir, no siente horror ante su cuerpo de insecto (por el contrario, el descubrimiento en él de imprevistas facultades le proporciona instantes de júbilo), sino ante su vida cotidiana a cuyas demandas ya no podrá responder desde su nuevo estado. Llegará tarde a la oficina, comprometerá a su familia, terminarán echándole del trabajo. El horror nace de la completa imposibilidad de hacer lo que la ley del padre le exige. El comportamiento de Gregorio Samsa es el de un niño metido en «asuntos peligrosos». Su transformación remite a esa vida oculta, fuera de la esfera paterna, y al riesgo de un extrañamiento definitivo.

Es en este punto donde aparece esa importancia del gesto que tan bien detectó Walter Benjamin en su ensayo sobre Kafka. Gestos extraños que parecen situarse más allá de toda significación (palmearse, frotar las manos entre sí, encoger la cabeza en los hombros), que surgen de actitudes corporales extrañas (tumbarse en el suelo, saltar, disponerse a lanzar o a recibir algo), y que parecen anunciar otra configuración corporal, abrir el cuerpo a posibilidades hasta ahora desconocidas. Esos gestos («¿y esperan curar eso?», le escribe Kafka a Milena en relación a la propuesta que ésta le hace para que se someta a una terapia psicoanalítica que le libre de sus temores) que implican la necesidad de un cambio, y que relacionan a los personajes de Kafka con el bailarín y con el tullido. Con el que vive en el aire mismo; y con el que carga en su propio cuerpo todo el peso del mundo. Ese inquilino de la vida desfigurada de que habló Benjamin, que son tantas de sus criaturas.

Una canción alemana nos muestra a ese jorobadito esperándonos en nuestro propio cuarto. Se ríe cuando nos ve, nos pide divertido que recemos por él, mientras se escurre veloz entre los muebles. Es semejante a Odradek (el carrete de *Preocupaciones de un padre de familia)*, a la extraña criatura de la sinagoga, al animal mitad gato mitad cordero de *Un cruzamiento*. También a las niñas, mientras están jugando. Situados en una suerte de limbo, en un espacio situado entre la vida y la muerte, más allá de los límites acotados por nuestra razón, y en el que se guarda una forma inexplicable, contagiosa de felicidad (esa felicidad, esa alegría extraña que subyace a todos los textos de Kafka, incluso a los más terribles; que aparece en *La metamorfosis*, y que se muestra incontenible en el curso sombrío de *El proceso*). Criaturas todas ellas ancladas en ese reino de lo inferior, de la indeterminación más lacerante y que parecen tener siempre la certeza, aunque no esperen a nadie, de que alguien tiene que venir, como en la leyenda judía del jorobadito se aguarda la llegada del mesías (un mesías que según esta leyenda sólo necesitaría corregir un poco las cosas para devolverlas la verdad y la belleza que guardan en su interior). ¿Pero esa corrección salvadora, la que nos hace, por ejemplo, ver a ese pobre desgraciado que necesita carbón —en el relato de *El jinete del cubo*—, tomar su cubo vacío por un caballo y partir en alas de su propia indigencia en pos de la caridad del carbonero, no es función de la literatura? Kafka escribe para asomarse a esa vida desfigurada. Sabe que la razón del hombre se confunde con el mandil con que la mujer del carbonero espanta al pobre jinete del cubo, y que apaga esos signos luminosos. No puede acogerlos sin sufrir una perturbación, puesto que esa vida desfigurada no es sino un resto de esa naturaleza adánica que el hombre ha perdido para siempre y que sólo puede ofrecérsenos como ruptura, como quiebra de la continuidad y en definitiva como trastorno, confundiéndose en cierto sentido con lo siniestro.

Todos los personajes de Kafka buscan esos restos, esas chispas luminosas, aunque no lleguen a saberlo. El Artista del Hambre se niega a ingerir alimento, y el Artista del Trapecio rehúye tocar el suelo con sus pies, pero ninguno de los dos puede explicar por qué lo hace. No conocen el problema que tienen que resolver. Ambos se ven obligados a un terrible accésit, porque «lo más elevado se conquista sólo por el más elevado sacrificio». No comer, o permanecer infinitamente suspendido en el aire, es el anuncio de un cambio, una vía de conocimiento. «El mundo hasta ahora dormido, declara el Artista del Hambre, parecía haberse despertado por mi ayuno, tenía la sensación de que nunca más podría volver a comer porque entonces silenciaría de nuevo el mundo ahora libre y sonoro, de lo que no me sentía capaz». El artista debe estar dotado de una paciencia activa. Su misión, como pedía René Char, es influir para que el hilo de frescor y de felicidad no sea desviado de la Tierra.

Pero esa tarea, indisociable de la esperanza, es un camino terrible; y la figura del artista se confunde, en la obra de Kafka, con la del mensajero de *Un fragmento imperial.* Debe portar algo y le mueve un afán de comunicación, pero no sabe de qué. Ha ido al lecho del emperador, pero no ha escuchado su mensaje. El emperador se ha limitado a mover los labios sin que lo que pretendía decir llegara a ser audible. Ni el escritor ni el mensajero pueden hacer nada frente a esta ausencia de significación, como tampoco podrán hacerlo frente a la muerte. El escritor es como el Jinete del Cubo. Un enviado, sí, pero que, como la paloma bíblica, no ha encontrado ninguna rama verde y antes o después debe volver a deslizarse dentro del arca oscura. Esto suena bastante terrible. ¿Pero por qué, y tratándose de Kafka, ese vuelo vacuo y siniestro nos proporciona, a pesar de todo, una inexplicable felicidad?

La burra de Balaán

Hace meses, una buena amiga me llamo por teléfono para proponerme que escribiera el prólogo a un libro que estaba terminando de revisar. No se trataba de un libro cualquiera, me dijo, sino de la Biblia. Su propósito, como el de la editorial que avalaba el proyecto, era tratar de hacer una nueva versión que facilitara la lectura de este complejo texto a los lectores de hoy. La propuesta me dejó tan perplejo que no supe qué contestar, porque se trataba, en suma, de hacer no un prólogo a un nuevo libro, uno de los muchos que inundan nuestro enloquecido mercado editorial, sino a ese libro fundacional de nuestra consciencia que es la Biblia. Un libro que no sólo ha sido, y sigue siendo, el más leído y comentado de nuestra cultura, sino que se había transformado en guía de conductas de millones de hombres y mujeres de todos los tiempos, y dado lugar a justificaciones tanto de las conductas más aberrantes y odiosas como de las más extrañas y delicadas.

¿Y qué podía decir yo, qué podía añadir a ese aluvión infinito de comentarios, muchos de los cuales eran el producto de años, de vidas enteras dedicadas a su interpretación y estudio? El sentido de la responsabilidad me obligaba a tomarlos en consideración, y a no decir nada, por tanto, que no supusiera su conocimiento. Una tarea, como es fácil de suponer, completamente fuera de mi capacidad, y que enseguida me hizo llegar a la conclusión de que debía negarme. Pero entonces me di cuenta de una cosa. Que yo no había dejado de leer la Biblia, que era un libro que llevaba años acompañándome, junto a los más necesarios y queridos, y al que cíclicamente volvía con gusto. No como el que busca una guía moral, ni siquiera el reflejo o huella de una verdad única, sino por pura necesidad lectora, buscando antes que la Verdad (con mayúsculas) la indescifrable y esquiva belleza. O dicho en otras palabras, como quien sabe, tal y como se nos cuenta en *Las mil y una noches*, que la verdad no cabe en un solo sueño, y que necesita del entrelazarse de los muchos sueños para revelarse. Es decir, que si cada uno de nosotros tuviera, para explicar su vida, que recurrir a un conjunto de historias o de libros, para explicar una parte de la mía yo tendría que hacerlo a la Biblia. De forma que si yo iba a hablar de ella no sería como lo haría un creyente, para el que la Biblia es el libro por antonomasia, el que funda y posibilita la escritura de los demás, sino un humilde lector. Un lector que va reuniendo al vivir «las mil y una noches» que contienen el solo misterio de su vida, y que descubre en ellas algunos de los relatos que se guardan en la Biblia. Y me pareció que no sólo era posible hacerlo así, sino que esa reivindicación de la Biblia como un libro más entre todos los libros podía ser pertinente y hasta expresar un grado de fidelidad mayor hacia ella que la de aquellos que se empeñan en decirnos que sólo en sus páginas se recoge la verdad del corazón de los hombres.

Y la Biblia, como *El Quijote* o *La divina comedia*, por poner sólo tres ejemplos entre los muchos posibles, me parecieron libros secuestrados. Libros cuyos accesos estaban vigilados por decenas de intérpretes, que celosos de su saber acerca de lo que en ellos se cuenta impedían ese contacto inmediato, sin mediación (o con la mínima mediación posible), que es el contacto que busca el verdadero lector. Y que, en vista de ello, podían ser buenas medidas, como, por ejemplo, que por un tiempo determinado (en los próximos veinte años, pongamos por caso) se impidiera la realización de todo tipo de estudios, o citas, de tales libros, que pasarían así a una clandestinidad gozosa, a ese limbo que es la sola patria del lector, y donde éste podría encontrárserlos desposeídos, huérfanos, abandonados enteramente a su suerte. Es decir, a la sola voz que en ellos se escucha. Un Ministerio de Cultura que, por ejemplo, promoviera no ayudas para la realización de estudios o congresos sobre tales textos, sino su marginación académica; y que al retirarles del dominio de seminarios y conferenciantes se les entregara de nuevo al azar de los encuentros afortunados.

Y fue en medio de estas reflexiones cuando me llegó el manuscrito de María Tubo, así se llama mi amiga, que leí con verdadero gozo, olvidándome incluso que tendría que escribir un prólogo para acompañar su edición. Y vi que ella, por su cuenta, se me había adelantado transformando la Biblia en un relato, pues había puesto en su centro la figura de una niña ficticia, que a la manera de ese lector del que vengo hablando no se cansa de preguntar, de pedir que las historias que le cuentan se continúen en otras, y ésas en otras más, que a la postre terminarán por confundirse con las de su propia vida y la de su pueblo. Devolviendo así al relato su función básica, que no es entretenernos (o no solamente), sino situarnos en el corazón del mundo, permitiéndonos al hacerlo recuperar el latido de nuestro propio corazón, que tal vez es el único órgano del cuerpo humano que aún no ha abandonado por completo el mundo descrito en el Génesis, porque está abierto, haciéndose interminablemente, porque aún no se ha terminado de crear. De forma que se da en él la paradoja de que, siendo lo más íntimo, lo que más parece pertenecernos, es a la vez ese lugar de nosotros mismos donde nos abrimos a los demás. El lugar más oculto e íntimo y, a la vez, el más compartido. Y es de ese lugar, de ese órgano, del que hablan todas las historias, y las de la Biblia de forma especial. Y por eso a mí me pareció que el libro revelado por Yahvé sólo pudo ser *El cantar de los cantares*, que es el que hace del corazón de los hombres la única e inagotable sustancia de la vida.

Y también que si entre todas las historias que se cuentan en ella tuviera que elegir una, ésta sería la de la burra de Balaán. Se cuenta en el libro del Éxodo, y en ella Balaán, un mago que va a maldecir a los israelitas, ve cómo su burra se detiene bruscamente en el camino, sin que nada parezca impedirla seguir adelante. Balaán la golpea e insulta, hasta que se da cuenta de que lo ha hecho porque hay un ángel interrumpiendo su paso, un ángel que ella ha visto antes que él. Y ésta es una historia bien graciosa, en un libro, por cierto, tan carente de humor; pero también muy decisiva e importante, porque si al final es una burra, que no es nada, la única que ve, ¿qué hacía mi amiga escribiendo esta nueva versión, su editorial publicándola, y yo escribiendo su prólogo? Aún más: ¿por qué dábamos tanta importancia a la lectura de este libro, y nos empeñábamos en dárselo a leer a todas las gentes, si al final tal vez fuera sólo eso, ser nada, no tener nada que decir, como en el caso de la burra, lo único que podía permitirnos percibir lo más decisivo y extraño?

Todo volverá

Cuando Nabokov acude por primera vez a la escuela tiene doce años, pues como todos los niños de familia acomodada ha recibido su educación reglamentaria en casa, entre institutrices y preceptores. Boyd nos cuenta en su biografía —*Vladimir Nabokov (Los años rusos)*— que su padre dispuso que fuera el chófer el que le llevara y que un maestro le sugirió que tuviera al menos la delicadeza de hacer que su coche parara unas manzanas antes para que sus compañeros pudieran librarse de la imagen de aquel chófer con librea que se quitaba el sombrero para despedirse de él. Nabokov se negó tajantemente, y Briand Boyd da una inesperada interpretación: «No se trataba de ostentación de riqueza sino de la negativa a suprimir las diferencias».

Las conclusiones de Boyd, a la hora de definir la poética de Nabokov, no se hacen esperar. Lo que el artista percibe es, principalmente, la diferencia entre las cosas, y en tal sentido, el arte de Nabokov es heredero del de Chejov: «un arte que rechazaba las conclusiones falsas y las estructuras deterministas, que evitaba las generalidades y buscaba piedad en los particulares»; que a una percepción espacial, exterior y mecánica, antepone otra temporal, interior y creativa, que hace del mundo una realidad inagotable. Es ese extra evasivo, que no puede encerrarse en la prisión del lenguaje, lo que a Nabokov le parece la verdadera medida de las cosas. El mundo es una dádiva no valorada, y el artista es el que sabe relacionarse con él con un sentimiento de maravilla agradecida. «De pronto —concluye uno de sus personajes— hizo un descubrimiento maravilloso: nada llega a perderse; la memoria acumula tesoros, secretos que crecen en la oscuridad y el polvo, y un buen día, un cliente efímero de una biblioteca circulante quiere un libro que nadie ha pedido en veintidós años».

Toda la obra de Nabokov parece hablar de ese tiempo en que el mundo no se había convertido todavía «total y definitivamente en materia sólida y aún conservaba diversas regiones de naturaleza intangible y sagrada». Ese tiempo, claro, es cualquier tiempo, y para Nabokov la tarea esencial del escritor es encontrar en aquél que le ha tocado vivir esos tesoros desatendidos, y percibir la extrañeza y la magia de la vida. La brillantez de su estilo, su inteligencia, su agudeza crítica, sus aptitudes para lo cómico están al servicio de esa búsqueda de la belleza y de la intimidad. Es ese el sentido de sus parodias, volverse contra el sentido común, desbaratando «las cosas muertas que deshonran la vida». Por eso sus novelas, aún las más decididamente grotescas, nunca derivan hacia la caricatura, porque Nabokov no disfruta viendo a la vida poniéndose en ridículo. Su ideal del arte como empresa amorosa, como liberación parcial del aislamiento esencial del ser, le impide ese ejercicio de la impiedad. No abjurar del mundo, sino contemplarlo de una forma nueva, saboreando la inutilidad y la generosidad sin precio que hay en la vida, sería una de sus convicciones más firmes.

Es verdad que su obra expresa un profundo sentimiento de pérdida y desintegración, y que posee una clara vena paródica (el diccionario Penguin afirma que «es en esencia un escritor cómico»), pero el tiempo inclemente, la decepción y la crítica caústica al sentido común, no son lo único que destaca en su visión del mundo. «Nabokov estaba seguro —escribe Boyd— de que en la vida abunda la sustancia que constituye la felicidad y que lo único que hace falta para encontrarla es aprender a prestar la debida atención a nuestro mundo». La tarea del arte es la lucha en favor de esa realidad desatendida. El arte exige curiosidad, ternura para con todo lo frágil que hay en el mundo, y confianza en la bondad fundamental de las cosas. Los enemigos de Nabokov son por ello la vulgaridad prosaica, enemiga de la conciencia y negadora de la vitalidad individual (y que puede definirse por un deseo de ajustarse a los valores del grupo al que se pertenece, de ver el mundo tal y como lo ven los otros en vez de animarlo con las percepciones propias); y el sentimiento de pérdida asociado al discurrir de la vida, lo que él mismo llamará la cárcel del tiempo.

Porque Nabokov tiene claro que si bien es cierto que se nos entregan los tesoros más estupendos no es lo menos que lo perderemos todo. También que el arte es una reacción contra ese dolor. Sólo mediante la memoria y la imaginación podemos hacer frente a la realidad de la pérdida. «Todo volverá», escribe en el término de una carta a su madre, en que la anima a mostrarse fuerte ante la desaparición de su esposo. Para Nabokov, según Boyd, el don de la vida es fundamentalmente el don del pasado. Merecerlo es abrirse a la maravilla de que nada de cuanto hemos llegado a amar puede perderse por completo. El artista nos alienta a recibir cualquier dádiva del momento y a que estemos atentos. «Ahora recuerda» nos dice en tono conspirador, ayudándonos a soportar las pérdidas que hemos sufrido, y a prepararnos ante las que sufriremos. Belleza más piedad, escribió una vez, es lo más que podemos acercarnos a una definición del arte.

Uno de sus relatos —*El elfo patata*— tiene a un extraño prestidigitador por protagonista. Extraño porque no se conforma con sus actuaciones, y fuera de la escena sigue ejerciendo impertérrito su arte, ante el sobresalto permanente de quienes viven su lado, especialmente de su esposa. «Ella comprendió que, a pesar de todo, Shok el prestidigitador era, a su manera, un poeta, pero nunca pudo llegar a acostumbrarse a que tuviera que demostrar su arte en todo momento y circunstancia. No es fácil ser feliz cuando tu marido es un espejismo, un juego de manos ambulante, un engaño a los cinco sentidos». Ese prestidigitador se confunde con el concepto que Nabokov tenía del artista, y su literatura participa de ese juego constante, de ese brillo incomparable, de esas trampas con las que pretende suspender nuestra atención, y denunciar la vulgaridad prosaica, haciendo que lleguen a nuestra conciencia esas fracciones de belleza que, como afirma otro de sus personajes, «se pueden encontrar tanto en una joven bailarina de ballet como en un cargador de muelle, tanto en una Venus de mediana edad como en un joven jinete».

Porque la lucha por antonomasia del arte es la lucha contra toda forma de olvido. Su reino es el de ese cuarto que se abre inesperadamente al lado del nuestro, revelándonos hasta que punto las palabras y las imágenes humanas no sirven para sustituir una realidad inagotable. Un reino en que, como en el cuento infantil que tanto gustaba a Nabokov, la flecha no puede dejar de volar porque ha alcanzado su objetivo.

El corazón hipotecado

Carson McCullers tiene 24 años, y acaba de publicar su primera novela, *El corazón es un cazador solitario*. Una conocida revista de entonces, el *Harper's Bazar*, le pregunta por los libros que más han influido sobre su vocación de escritora. Y ella les cuenta una historia. Aún es una niña y compra un libro a su hermano pequeño, como regalo de Navidad. Se titula *El niño perdido*, y su hermano no debe de encontrar un gran placer leyéndolo pues enseguida abandona esa tarea. Pero hace una cosa. Recortar sus páginas hasta formar un agujero cuadrado en el centro, de forma que a pesar de que el libro sigue conservando un aspecto normal, en su interior hay un hueco donde guarda una moneda de un centavo y un asno de plomo. Carson McCullers se lo encuentra así la tarde en que quiere leerlo. No es un libro enteramente para niños, y desde la primera página siente que va a pasar algo espantoso. Hay una escena al borde de un estanque entre un tonto de pueblo y una criada, escena que tiene como consecuencia un bebé. Y Carson McCullers escribe: «La clave de aquellos acontecimientos desconcertantes parecía haberse perdido en el vacío del agujero central, haciendo mi lectura completamente desquiciante. Durante tres días estuve enviscada en aquel enigma, con una especie de curiosidad escalofriante. Aquel era mi primer contacto literario con el sexo, y durante mucho tiempo lo he asociado con las criadas y los asnos de plomo».

Carson McCullers publica *La balada del café triste* diez años después. Y ya en la primera de sus páginas nos presenta a Miss Amelia, su protagonista, una mujer marcada por un destino trágico, que vive aislada en una casa a punto de derrumbarse. Pero esa casa, enseguida nos dice, ha conocido tiempos mejores. De hecho no hubo nada comparable a ella en muchos kilómetros a la redonda, porque albergó un café. Un café con manteles y servilletas de papel, ventiladores eléctricos con cintas de colores, donde los sábados por la noche se celebraban grandes reuniones. Miss Amelia era su dueña, pero la persona que más contribuía al éxito de aquel local era un jorobado a quien llamaban el primo Lymon. Había otra persona ligada a la historia del café, el ex marido de Miss Amelia. Un hombre terrible que regresa al pueblo después de cumplir una larga condena en la cárcel, «que causó desastres y volvió a seguir su camino».

Pronto nos daremos cuenta que es el amor de Miss Amelia por el primo Lymon, y todas las preguntas que inevitablemente suscita, el tema central del libro. Un amor casi incomprensible, pues el primo Lymon es un ser diabólico, cuya deformidad, como sucede tantas veces en la obra de Carson McCullers, parece ser el símbolo de la incapacidad de devolver o recibir ningún tipo de amor. Y ciertamente es poco lo que ofrece a cambio, salvo su insobornable egoísmo. ¿Importa? No, porque el amor, en la concepción de Carson McCullers, raras veces se da entre iguales. Es un estado de iluminación, sí, pero también que suele conducir a la desgracia, pues mezcla lo disímil, lo desemejante, es decir, lo que tal vez no debió mezclarse nunca. Pero ¿quién puede decidir lo que conviene en un asunto así? La verdadera historia de amor, escribe Carson McCullers, es la que tiene lugar en el corazón de los amantes, y ésta nadie sino ellos pueden llegar a conocerla. El amor en todo caso es una experiencia en la que siempre conviven lo cómico y lo sublime.

Y en verdad la unión entre Miss Amelia, una mujer del tamaño y la fuerza de un hombre, que bizquea, dura como un pedernal, y el primo Lymon, puede ser considerada una de las más insólitas de la literatura. Pocas, sin embargo, han tenido el poder de cautivarnos más. De hecho la breve escena en que ambos se encuentran por primera vez merece figurar entre las más altas escenas de amor que se han escrito jamás. El primo Lymon se presenta una tarde en el pueblo. Viene a pie, cargando una maleta, y de lejos todos le confunden con un niño. Pregunta por Miss Amelia y se declara su pariente. Todos esperan que lo tire por la ventana cuando ésta, después de escucharle, lo invita a cenar. Luego le hace subir a sus habitaciones privadas. «Pocas personas habían visto esas habitaciones, pero todo el pueblo sabía que estaban bien amuebladas y limpias. Y he aquí que Miss Amelia introducía en aquella parte de la casa a un hombrecillo desconocido, sucio y jorobado, salido Dios sabe de dónde. Miss Amelia subía despacio los escalones, de dos en dos, llevando la lámpara en alto. El jorobado la seguía saltando, tan pegado a ella que la luz vacilante formaba sobre la pared de la escalera una sola sombra, grande y extraña, de sus dos cuerpos. Al poco tiempo quedó el piso encima del almacén tan oscuro como el resto del pueblo».

Carson McCullers, en el pleno dominio de su arte de narradora, no nos cuenta lo que pasa en esas habitaciones, aunque enseguida nos ponga al tanto de las consecuencias. Y éstas son la entrega incondicional de Miss Amelia a ese personajillo patético, extraño, profundamente egoísta y alegre, con el que ha formado un sola sombra al ascender por las escaleras, y al que a partir de entonces empieza a atender hasta en sus menores caprichos, porque ha concebido por él una pasión devoradora, extraña, injustificable. Una pasión que abre en el corazón del relato algo parecido a ese agujero al que la niña Carson McCullers tuvo que enfrentarse en una de sus primeras lecturas. Y al que habremos de asomarnos desconcertados, llenos de zozobra y apenas contenido asombro, como suele sucederle, desde que el mundo es mundo, a quien asiste al encuentro inesperado entre un jorobado y un asno de plomo.

Y es que la obra de Carson McCuller parece exigir un tipo especial de lectores, el mismo, por otra parte, que exige Cervantes, Kafka, Von Kleist o Bruno Schulz, el de aquellos que quieren permanecer en la puerilidad del sueño, que es por otra parte el ámbito desconcertante del amor.

Casi todos los personajes centrales de Carson McCullers son hombres y mujeres así. Seres excéntricos, desheredados o parias, que se ven obligados a sobrevivir en una espantosa soledad espiritual, y para quienes la vida apenas resulta comprensible, aunque no por eso dejen de animarla con un raro sentido de la comicidad y el exceso. Pero Carson McCullers no crea un mundo como este para obtener efectos fáciles y sensacionales; su tema central es el amor, su frustración y fracaso, a veces, su salvación. Y el amor no nos asegura la salvación. Nos aporta el instante de iluminación, esa visión doble propia del corazón hipotecado, pero también nos debilita y confunde, pues reúne en las orillas de los estanques a seres amantes de la risa y de las más inconcebibles delicadezas, y surgen bebés insaciables y dolores y carcajadas nuevas que muy pronto habrán llenado de agujeros el tejido del mundo. Aunque sólo él pueda aportarnos el sentimiento de la compasión, y la chispa divina del reconocimiento, y sea imprescindible por tanto para que la comunidad de los hombres no llegue a desintegrarse bajo las presiones del odio y el miedo, de la injusticia social, racial y económica, de la violencia sexual y de la perversión.

No discuto que pueda haber libros más perfectos, más abarcadores, más hondos, pero ninguno ha alcanzado la belleza desoladora, el poder para conmovernos y para helarnos el corazón, de esta novelita de apenas ochenta páginas. Bastaría, de hecho, que en una catástrofe sólo ella se salvara, para que toda la literatura de este siglo sobreviviera con ese golpe de fortuna.

El libro de arena

Un hombre colecciona arena. Es un viajero infatigable, y va tomando muestras en todos los lugares que visita. A su regreso, guarda esa arena en pequeños frascos de vidrio. Frascos que va colocando en las estanterías de su casa, con rótulos que indican el lugar de su procedencia. Hay arena de Malindi, Kenia, punteada de caracolitos violetas; arena gris del Balatón; la blanquísima del golfo de Siam; y minúsculos guijarros de Marateos, blancos y negros.

Calvino contempla esta serie en una exposición dedicada a las colecciones raras. Las colecciones agrupan los objetos más estrafalarios, envoltorios de papel higiénico, billetes ferroviarios, cencerros de vaca, ranas embalsamadas, pero ve en la del hombre que colecciona arena una metáfora de todas ellas. De la locura y de la futilidad de la memoria. Todos los hombres coleccionamos recuerdos. Pensamos que son importantes, pero los recuerdos no valen gran cosa. Son como la arena de nuestro coleccionista, nos dicen que hemos estado en lugares a los que no podremos volver, porque todo tiene que abandonarse. ¿Para siempre? El coleccionista quiere conjurar esa maldición. No busca con sus objetos añadir al mundo un inventario más, sino levantar de nuevo el mapa de su viaje. Se confunde con el escritor, al menos con ese tipo de escritores que no se conforman con la arena que encuentran, símbolo de su renuncia, y quieren la escena viva, animada por las imágenes y los olores que descubrieron en su proximidad.

En *Las ciudades invisibles* Marco Polo narra al emperador Kublai Khan, su llegada a una serie de ciudades que sólo en los sueños parecen tener cabida: una ciudad mircroscópica en la que cabe el mundo entero, una ciudad suspendida sobre una tela de araña, una ciudad bidimensional. La avidez del emperador melancólico, que siente la ruina inminente de su mundo, no tiene límite, y Marco Polo se comporta ante él como ese coleccionista de arena. Un coleccionista que no se limitara a mostrar el frasquito en que guarda la preciosa sustancia que va tomando de sus viajes, sino que la va vertiendo sobre la mesa. La arena extendida se comporta como una página que se puede leer. ¿No están hechas ambas —arena y página— de infinitud de puntos, no transmiten la sensación de lo inacabado, de lo que no deja de renovarse porque su combinatoria es infinita? Los relatos de Marco Polo hablan de ciudades imposibles, y sin embargo contienen el relato radiante de la vida, de la vida siempre otra, siempre cambiante, siempre indeterminada. Pero aún hay otra cosa. De la misma forma que escuchando los sucesivos relatos de Marco Polo no hacemos sino adentrarnos en la esencia misma de nuestras propias ciudades, nuestras ciudades reales y cotidianas, ese libro de arena sólo puede guardar la esencia de todos los libros que existen, y con ella la de nuestra pobre e ignorada vida.

Borges tienen un relato que se titula precisamente así, *El libro de arena*. En él un hombre vende a otro un libro. Un libro cuyas páginas están hechas de arena, de forma que su contenido es infinito y caótico. «Sentí que era un objeto de pesadilla, una cosa obscena que inflamaba y corrompía la realidad».

La búsqueda de la literatura es también la de ese libro infinito. Un libro cuya lectura, al contrario que en la fábula de Borges, no corrompa la realidad sino que se añada a ella, ofreciéndonos desviaciones, puertas, salidas imprevistas. Es esto lo que justifica la atención sostenida que a lo largo de toda su vida Calvino mostró por el mundo de los cuentos populares, los mitos y las fábulas. Y esa actitud no es otra que la del viejo buscador de oro. Criba la arena de los sueños tratando de encontrar esa esquirla, esa piedrecita áurea que ilumine y dignifique la inacabable aventura humana.

En uno de los artículos que componen *De fábula*, Calvino nos recuerda su perplejidad inicial al recibir el encargo de hacer una compilación de los cuentos populares italianos, y su deseo de afrontarlo con el rigor y el distanciamiento de un historiador de la literatura. Sólo en parte cumple con ese propósito, pues Calvino no deja de ofrecernos, junto a sus reflexiones críticas y sus intentos clasificatorios, noticias de ese libro de arena que incluye todos los cuentos que existen. Pueblos enteros que, en un detalle de admirable amabilidad, se quedan dormidos al lado de su princesa hechizada, flores que se marchitan en el cabello de las muchachas cuando éstas abren las puertas prohibidas, corazones de dragones que al hervir en la cocina no sólo preñan simultáneamente a la reina, la cocinera, a la yegua y a la perra, sino en un bello gesto de propagación fantástica a los muebles y enseres del palacio... son algunos de los numerosos e impagables ejemplos. Los viejos hábitos del buscador de oro. Calvino sabe que todas esas historias componen un único libro, y la atención que les dedica surge de su profunda convicción de que la arena que lo forma no es enteramente real, sino soñada. También que un pensamiento —lo dijo San Juan— vale más que el mundo.

Son de las cualidades de esa arena, y de los hábitos del viejo buscador de oro, de las que habla Calvino en *Seis propuestas para el próximo milenio*, que es su testamento literario, y sin duda una de las cimas de la crítica este siglo. «Levedad, rapidez, exactitud, visibilidad, multiplicidad»... ¿no son algunas de las cualidades de ese oro soñado? El cuento es el último intento de reconstruir un universo total, un universo que termina con la desaparición de la totalidad natural-cultural. Pero Calvino no se conforma, y quiere que la literatura sea la continuadora de este intento reconstructor. «En toda historia que tenga un sentido se puede reconocer la primera historia nunca contada y la última, tras la cual el mundo no se dejará contar ya en una historia». Toda su vida, y todos los libros que escribió, los hizo contra la idea de que ese momento pudiera haber llegado.

EL MAPA DE LAS METÁFORAS

Italo Calvino dedica uno de los ensayos de *De fábula* a glosar la figura de Giambattista Basile, que vivió en Nápoles en el siglo XVI. Sus cuentos, reunidos en el *Pentamore*, constituyen auténticos inventarios de metáforas. Metáforas para explicar los tránsitos noche-día, el sucederse de las estaciones, la vida de las plantas y de los animales, el nacimiento y la muerte, las relaciones entre los sexos..., que se ofrecen al lector en una sucesión tan sorprendente como inagotable. No se trata en ningún caso, según Calvino, de meros ornamentos, sino que éstas llegan a constituir la verdadera sustancia del relato. Hasta el punto de que podría decirse que Basile sólo cuenta sus historias tratando de levantar ese mapa de las metáforas, que es algo así como un manual de iluminaciones y espumas. Tiene que ver con el mundo de la analogía barroca, con ese continuo desplazamiento de los signos y de los significados en una dinámica de vasos comunicantes que tiende a la universal equivalencia de todo con todo. Pero también, y sobre todo, con la criba del buscador de oro. No puede haber relato verdadero sin ese rastro áureo. Cada metáfora es una salpicadura, de forma que al terminar nuestra lectura nuestros dedos, como los de la muchacha protagonista de un relato de Agustina Bessa Luis, estarán teñidos de oro, y estaremos llamados a sustituir, en lo más escondido del bosque, al guardián del secreto. No me resisto a transcribir uno de los ejemplos transcritos por Calvino. Una reina da a luz una rama de mirto. El joven príncipe se encapricha de ella y lleva el tiesto a su dormitorio. Por la noche una muchacha brota de la rama y se acuesta junto al príncipe. Y Basile escribe: «Mas cuando notó que se aproximaba la cosa y descubriendo al palparla que era lisa y que allí donde esperaba tocar púas de puerco espín topaba con una cosita más suave y mullida que la lana berberisca, más esponjosa y blanda que la cola de una marta, más delicada y mórbida que las plumas de un jilguero, fue en pos suyo y, juzgando que era un hada (lo que en efecto era), se le abrazó como un pulpo y, jugando a la pájara pinta, se pusieron a correr sortija. Mas —antes de que el Sol saliese a visitar a las flores enfermas y marchitas— la muchacha se levantó y se fue, dejando al príncipe colmado de dulzura, repleto de curiosidad, rebosante de asombro».

Colmados de dulzura, repletos de curiosidad, rebosantes de asombro... ¿Se ha formulado alguna vez una preceptiva mejor acerca de cómo deberíamos sentirnos al concluir los libros que de verdad merecen la pena? Todos los libros de Calvino lo consiguen, por eso el que aún no los conozca hará bien en adquirirlos sin excusa. Sólo tiene que pensar en la ramita de mirto de nuestro cuento.

La lealtad a las cosas

Todo lo que sabemos es por gracia de la naturaleza. Esta frase del último Wittgenstein resume sin duda la obra de Delibes, que más allá de su pesimismo profundo, de su obsesión por el fracaso, es un canto a esa lealtad a las cosas que Chesterton consideró la cualidad mas decisiva del corazón humano. Y es difícil no leer a Delibes sin sentir el influjo benigno, vivificador, de esta callada lealtad. Delibes no se engaña respecto al verdadero ser del hombre, sobre su egoísmo, y su capacidad para la destrucción, pero una suerte de «patriotismo cósmico» (por utilizar de nuevo una frase de Chesterton, tan querida por Fernando Savater) le hace intuir que sólo esa relación minuciosa con lo particular puede transformar ese desprecio en amor, y salvarnos humanamente. Veamos un fragmento. «El Nini, el chiquillo, sabía ahora que el pueblo no era un desierto y que en cada obrada de sembrado o de baldío alentaban un centenar de seres vivos. Le bastaba agacharse para descubrirlos. Unas huellas, unos cortes, unos excrementos, una pluma en el suelo le sugerían, sin más, la presencia de los sisones, las comadrejas, el erizo o el alcaraván». Es el niño protagonista de *Las ratas*, el que mira el campo con esa atención extrema, enseñándonos que hay una continuidad entre el hombre y el mundo natural. Esa mirada, «atenta, concienzuda e insaciable», capaz de contemplar el mundo en toda su variedad y riqueza, debe ser también la mirada del narrador. «Ahora veo a la madre donde antes no la veía: en el montón de ropa sucia, en el bando de gorriones que revolotea en la terraza, en el Talgo que pasa cada tarde o en el Sagrado Corazón iluminado. Pero cuando la madre se afanaba en silencio, no la veía, ni sabía que en sus movimientos había un sentido práctico» (*Diario de un cazador*). No ver lo que no hay, en una suerte de delirio de la subjetividad, sino ver donde antes no se veía, ahí radica el arte de narrar de Delibes. Y la imaginación es la facultad que nos lo permite.

Pero la imaginación es también una *enfermedad*, en cuanto nos expone, hace que nuestra vida siempre esté pendiente de completarse. Gran parte de los personajes más vivos e inolvidables de Miguel Delibes padecen esta rara *enfermedad* del alma, una *enfermedad* que les hace sentir los cambios y las transformaciones del mundo como si tuvieran lugar en sus propios cuerpos. Pacifico sufre si se podan los árboles, tiene tiritonas cuando en el camueso se anuncian la aparición de las primeras yemas; el Nini cría y domestica un zorrito; Azarías, en *Los santos inocentes*, consigue que una grajilla baje a comer en sus manos; y el tío ratero, en *Las ratas*, se niega a abandonar su cueva, y a cambiarla por una casa. La cueva que le hace igual a los animales de los que vive, donde crea su extraña familia.

La literatura, la imaginación, ve el mundo como un solo cuerpo. La boca de Anita (*Diario de un cazador*) es «una nidada de besos», y la gotita que cuelga de la nariz del Barbas (*La caza de la perdiz roja*) se confunde con una gota de rocío. El diente de Bisa (*Las guerras de nuestros antepasados*) «hacía cuej-cuej-cuej, como las gaviotas reidoras de la charca», y los pelos del bigote del Barbas, salpicados por su propia saliva, brillan «como los tallos truncados de los rastrojos». Hay en todo ellos una relación de continuidad casi mágica con las cosas y los animales, que nos hace pensar en los santos, en los elegidos, en todos aquellos en que aún parece existir un resto aún activo, no contaminado, de esa naturaleza adánica que no dejamos de añorar. Un resto que es, a la vez, signo de deformidad y de nobleza, como el ala de cisne del pequeño de los príncipes en el cuento de los hermanos Grimm.

Toda la obra de Delibes gira sobre esa continuidad, hoy más amenazada que nunca, entre el hombre y el mundo. Sus novelas nos hablan de las fuerzas terribles o benéficas de la naturaleza, del placer y de la muerte, de las servidumbres del amor y del sufrimiento debido a la pérdida. Pero Delibes sabe que el verdadero narrador nunca cuenta una historia, por muy terrible que sea, para sumir en la desolación a los que le escuchan. Es un mediador. Se ofrece a su comunidad, como con tanta perspicacia nos ha explicado John Berger, no para aumentar su inquietud, sino para ayudarle a sobreponerse a las amenazas que la apremian o inquietan. Sus relatos son, de hecho, fórmulas de cohesión que le permiten conjurar el efecto desintegrador de esas amenazas.

Hace un tiempo, preguntado tras su grave enfermedad por sus proyectos Miguel Delibes contestó: «Ahora no estoy escribiendo nada, sino olvidando lo que he escrito». Habló luego de su familia, y que todo lo que quería era estar con ellos, vivir en ese mundo de la realidad al que tantas veces su condición de novelista le había impedido pertenecer. Para enseguida afirmar: «Aunque en realidad yo sólo soy un mandado. Si de repente alguien me pide que vuelva, si aparece un ratero que me pide que escriba su historia lo haría, aunque ahora sólo esté ocupado en sobrevivir».

Delibes incidía de esta forma en su deslumbrante discurso del Premio Cervantes, y en su reflexión de hasta qué punto los personajes novelescos al hacerte ver la vida por sus ojos, te quitaban la vida real. En el prólogo a uno de sus libros Truman Capote, al hablarnos de su aprendizaje como escritor, nos confiesa haber hecho dos descubrimientos tan tempranos como esenciales: la diferencia entre escribir bien y mal, y, sobre todo, entre escribir bien y el arte verdadero. «Y luego, afirma, cayó el látigo».

Viene a esto a cuento porque uno de los tópicos más frecuentados a la hora de hablar de Delibes es el que se refiere a la calidad formal de su prosa. Delibes pasaría a formar parte, por esta razón, de esa nómina de pacientes novelistas a los que no es posible mencionar sin añadir al instante lo bien que están escritos sus libros, afirmación que suele dejar a los que la hacen confortablemente situados en esa verdad de auténtico perogrullo, pues lo mínimo que cabe pedir a un escritor es que escriba bien, de la misma forma que le pedimos al piloto que sea capaz de mantener su avión en al aire, y al carpintero que no nos entregue un mueble que desafíe, al menos en exceso, las leyes de la gravedad y de la geometría.

Siempre me sorprendió tal insistencia en el caso de Delibes. Su prosa no es ostentosa, discurre sin alharacas, dueña de una sintaxis casi imperceptible que jamás tiende trampas al lector ni, por supuesto, trata de convencerle de sus supuestas excelencias. Es, por momentos, la prosa de un naturalista, o de un topógrafo (y en ese sentido me recuerda a la prosa «administrativa» de Kafka, o a la «objetivista» de Musil). Alguien que se limita a levantar las coordenadas de un lugar, que lo hace con un lenguaje tan preciso como aparentemente instrumental, sin pretensión artística declarada.

«Ha ocurrido que estoy sentada bajo un árbol, al borde del río en una soleada mañana. Es un acontecimiento insignificante que nunca pasará a la historia. Sólo sucedió que estoy, y observo». Estas palabras de Wislawa Szymborska, podrían resumir el pensamiento y toda la obra de Delibes. Alguien que no cree estar haciendo nada especial al escribir, ni que la vida en el fondo pueda ser comprendida. Para quien la literatura sólo puede surgir de un sentimiento humilde e irónico, del simple hecho de descubrirse al lado de algo o alguien y, en el mejor de los casos, sentirse acompañado y detenerse a observar.

¿Pero basta con observar? No, la literatura surge de un acto de atención, pero sobre todo del acierto al convocar la palabra. «La convocatoria de la palabra es el desafío permanente del escritor. Lograr que la palabra acuda puntualmente a los puntos de la pluma es nuestro objetivo. El escritor convoca a la palabra pero esta comparece o no comparece». ¿Y que tienen que ver esto con escribir bien? Nada, pues que esa convocatoria se suele traducir más bien en balbuceo, trastorno del habla común, que tiene que acoger esa palabra que viene de fuera, y que no cabe enteramente en ese habla (sólo pondré un ejemplo: el balbuceo que invade las páginas en que Delibes narra, en *Los santos inocentes*, la relación Azarías con su «milana»).

Los jardineros japoneses suelen rodear de tiras de papel, ciertos lugares, que les sorprenden por su perfección, señalando así al paseante lo que no debe dejar de atender, y la escritura de Delibes opera como esas tiras de papel. Su transparencia es ese cerco de atención y de reconocimiento, que nos hace detenernos y mirar. Es lo que pasa con sus prosas de caza. ¿Por qué nos cautivan así, incluso a los que no compartimos en absoluto tal afición? Supongo que porque esa figura del cazador-escritor («no escribo porque no pesco», declaró Delibes cuando alguien le preguntó una vez por la razón de haber dejado de escribir sobre las truchas) llega a cobrar ante nuestros ojos una dimensión simbólica. Hace aparecer la vida, pero no la vida en cualquiera de sus instantes, sino en los de su mayor esplendor y pujanza (que tantas veces suele coincidir con los de su mayor demencia). La perdiz que incansablemente persigue el cazador, que trata de convocar con su merodeo, se confunde con esa palabra que aparece. Y la vida entonces no es distinta a esos tapices en que se mezclan hilos de oro, sin solución de continuidad con los más comunes, y en que una hoja, una mano, un pájaro, pueden aparecer de pronto transfigurados por una puntada de luz. Convocar la palabra, hacer aparecer ese hilo de oro, esa es la misión del verdadero narrador de historias.

«Y luego, cayó el látigo». Ningún don se recibe impunemente y, en su discurso de aceptación del Premio Cervantes, Delibes se lamenta de haber malgastado su vida en la tarea de escribir. Su sustancia se ha perdido entre la de sus personajes, y de pronto se descubre cansado y viejo, sin apenas fuerzas para continuar. Para que esos personajes vivieran, nos dice, he tenido que entregarles mi propia vida. El discurso entero es una joya, y está concebido con la astucia irredenta del cazador. Porque Delibes, que parece estar escribiendo una pieza confesional, lo que escribe en realidad es un nuevo relato. Un relato en que con una hondura incomparable penetra en la esencia del narrador, que no es otra que aprender a ponerse en el lugar de los desaparecidos. Y en eso no cuenta la edad, ni el cansancio, puesto que hasta un muchacho o una muchacha si de verdad quieren ser escritores deben realizar antes o después tal doloroso aprendizaje. Es la raíz absoluta del arte, y el único misterio de todos los grandes narradores que existen: mirar con los ojos de los que ya no están, hablar con la voz de los que se alejan.

«A mí me han criticado mucho mis paisanos —escribe Juan Rulfo— porque cuento mentiras, porque no hago historia o porque todo lo que platico o escribo, dicen, nunca ha sucedido; y así es. Para mí lo primordial es la imaginación. Pero la imaginación es infinita, no tiene límites, y hay que romper donde se cierra el círculo; hay una puerta, puede haber una puerta de escape, y por esa puerta hay que desembocar, hay que irse». El narrador, en definitiva, no se limita a reproducir la realidad, la recrea mintiendo, gracias a la imaginación. Pero la imaginación no basta. Es necesario, como decía Rulfo, encontrar una puerta. Una puerta por donde irse, por donde escapar del círculo de la mentira, haciéndonos adivinar algo que tal vez no ha sucedido, pero que lo hace ahora en la escritura, como en un mundo paralelo.

Transparencia y temblor, esas son las cualidades de la puerta que se abre. Transparencia porque una puerta abierta no es sino un hueco en el muro, y nos permite escapar al círculo de opacidad de nuestros automatismos y seguridades. Temblor, porque implica un tránsito, un aventurarse más allá de lo que somos y creemos saber. Las mejores páginas de Delibes combinan ambas cualidades, y por eso su prosa transforma la naturaleza en Misterio. No me resisto a citar un fragmento. Pertenece a *Las ratas*, y nos sitúa en el interior de la cueva de El Ratero, la cueva que no quiere abandonar, porque es todo lo que tiene. «Mataba la llama, pero dejaba la brasa y al tibio calor del rescoldo dormían los tres sobre la paja; el niño en el regazo del hombre, la perra en el regazo del niño y, mientras el zorrito fue otro compañero, el zorro en el regazo de la perra». En una cueva, para darse calor, un adulto abraza a un niño, que retiene a una perra contra su pecho, una perra entre cuyas patas un zorrito ha dispuesto su tibia morada. A eso llamo desembocar, a eso llamo contemplar el mundo como Misterio. Nadie, en esta segunda mitad de nuestro siglo, lo ha hecho como Delibes en nuestra literatura. Nadie ha expresado con más tino lo que es para mí el verdadero compromiso del narrador con las cosas y las criaturas el mundo: pasar a su lado de puntillas.

Letanías del poeta pobre

El caso de Francisco Pino es en verdad singular. Pasa de los noventa años y después de una vida dedicada por entero a la poesía sigue siendo el poeta secreto de sus comienzos, cuando allá por los años treinta publicara en Valladolid sus primeros poemas vanguardistas. Fiel tanto a ese empeño como a esa vocación transgresora, Pino publicará a lo largo de setenta años, sin apenas lagunas significativas, un libro tras otro que él mismo se edita en ediciones siempre impecables y sorprendentes no superiores a cien ejemplares, alternando los textos de apariencia más convencional (libros de sonetos, de pequeñas canciones de ritmo y estructura tradicional), con los más audaces, llegando en los años sesenta y setenta, a publicar, con el consiguiente pasmo del Valladolid de la época, varios libros en cuyas páginas sólo aparecen agujeros.

Y singular también porque en un tiempo, el que sucedió a la Guerra Civil, en que la poesía española era incapaz de mirar más allá de lo local y lo figurativo, él integra sin esfuerzo a poetas como San Juan de la Cruz, César Vallejo, Mallarmé, Max Jacob o Paul Valéry, o tradiciones tan diversas como la poesía barroca, la lírica popular y la filosofía de Lao Zi, de quien hace suya la renuncia a la notoriedad y el culto a las pequeñas y hermosas verdades de la naturaleza. Aún más, manifestando un fervor y una energía realmente únicas en nuestra literatura, que hacen de él por encima de todo un poeta lírico, jubiloso, que siempre llega a nosotros lleno de llamas y de gozo de vivir. Pues si algo ha sido Pino y sigue siendo es el poeta de la inspiración, aquel para el que la poesía siempre está marcada por «un tocamiento repentino», pero también para quien lo inspirado sólo puede ser lo Otro, lo que uno mismo desconoce de sí y de su propia lengua.

Un caso singular, en fín, porque su pensamiento no teme la paradoja, ni rehuye las contradicciones, de forma que puede mostrarse a la vez cómico y trágico, meditativo y jubiloso, místico y terreno, devoto de la Virgen y del dios Pan. «Así viví los años, sin vivirlos, / ajustado a los peces y a los mirlos, / a los deslices y a los silbos varios. / Jamás supe si fui diamante o turba / transparente o tupido, recta o curva; / sé que viví sólo de adversarios».

Y este poeta único, dueño de mil inflexiones, que sólo puede concebir la poesía como búsqueda, nunca como logro, «porque la poesía es susto, caminar sobre un alambre expuesto a caerte, a no ser nadie», despide el siglo con un nuevo libro. Se titula *Pasaje de la muerte niña*, y es un largo y único poema dividido en diecisiete cantos, en el que el poeta da cuenta de una visión. Una noche está solo en su casa y le visita la muerte. Lo hace en la figura de una niña. Una niña que trastorna con su llegada el orden de su vida, haciendo que a su paso, como ante un torbellino, todo vuelva a entrelazarse y girar. De forma que esa niña, imagen de la muerte, y en la que convergen todas las mujeres, la niña, la virgen, la puta, la madre, y la burladora, termina por transformarse en «dulce lengua unitiva» que pone en contacto lo que antes estaba separado, los versos de Lope de Vega con las rememoraciones, los viajes con las voces infantiles, la visión de los paisajes familiares con los sueños, las lecturas con las palabras de la vida, hasta componer un canto que, como *El Cantar de los Cantares*, afirma la fuerza incomparable del amor, y su triunfo sobre la muerte.

Y entonces reparamos que quien ha concebido este poema ya para siempre imprescindible es un anciano. Un poeta de noventa años que ha escrito un libro que es sin duda el más libre, audaz e inspirado de cuantos se han publicado en este país en los últimos años. Que nos divierte y nos conmueve, que nos embriaga y nos hiela el corazón, que nos levanta en vilo y nos arroja por el suelo. Un libro que vuelve a situarnos en el centro de un sistema poético cambiante y complejo, único en nuestras letras, donde se mezclan el candor y la perversidad, y donde lo sencillo convive con lo oscuro en una mezcla tan subyugadora como difícil de resistir o explicar. ¿Podía ser de otra forma en un poeta que declara sin rubor alguno ser de los idiotas? «Soy de las nubes, Dios; de los idiotas / y por serlo me alabo y te doy gracias; / prefiero a las victorias con desgracias / por no serlo, las límpidas derrotas. / Huya de las del mármol petulancias. / Quede, como el idiota en intenciones / de nube, y sean de aire mis ganancias».

Y esas ganancias de aire, a que se refiere Pino en este antiguo soneto, nos hacen recordar las letanías que escribiera para ensalzar la figura de la Virgen pobre (y hay que advertir que para Pino toda poesía, incluso la que en apariencia lo niega, es religiosa, pues supone siempre una caída de la palabra en lo infinito). ¿Pero tales letanías no contienen los otros nombres de la poesía? Anoto a vuela pluma algunas de ellas: trono de ningún trono, vaso en el que la materia se hace ala, rosa del hambriento, chabola sin paredes, chabola en vilo, puerta sin puerta, chacha arrodillada sobre las baldosas de los pobres... Aún más ¿esa Virgen pobre no podría confundirse con la muerte niña de su último y estremecedor poema? Y de ser así ¿por qué habríamos de querer volver a verla, que esa «chacha de todos» viniera de nuevo a nosotros? Sin duda porque es la única que sabe donde está el pájaro solitario, que es la gran invención del amor. «Dormido está el pájaro, el pajaro solitario: / en la rama más alta, dormido está; / en la rama invisible de la copa invisible, / en la copa del árbol invisible». Los amantes escuchan el canto de ese pájaro, y lo descubren en el árbol invisible. Pura expresión sin palabras, diciendo más de lo que las palabras aciertan a decir, el árbol que cobija al pájaro solitario se confunde con la casa del propio poeta anciano, la casa que la muerte niña visita en su último poema. A su llegada se sucederán las interrogaciones (todos los versos del poema lo son) en un ritmo tan hipnótico como inquietante y gozoso hasta terminar con éstos versos: «¿El día se alza? ¿qué es lo que veremos? / ¿desde?». Versos oscuros, germinativos y esperanzados que nos devuelven al ideal formulado por Francisco Pino en uno de sus libros tempranos. «Ideal de mi canción: / Tomar de este espacio brasa / y dársela al corazón». El poeta, pájaro equivocado, mira fascinado el mundo pero con el dolor —y el júbilo— de no saber lo que hace ni lo que sus ojos alcanzan a mirar. Puede que no sea mucho, pero esa y no otra es la sola experiencia de la poesía.

El país de la púrpura

Sara es la mujer de Abraham. Tiene 90 años y cuando un ángel la anuncia que ha de concebir un hijo ella sonríe incrédula. Ese hijo será Isaac (que en hebreo significa «el que reirá». Todos ellos protagonizan uno de los pasajes más perturbadores del Antiguo Testamento. Abraham recibe el mandato de sacrificar a Isaac, su hijo, e incapaz de desobedecer a su dios se dispone a llevarlo a cabo. Un ángel interviene en el último momento, y la tenebrosa escena del sacrificio se transforma en una ceremonia de exaltación de los vínculos que unen al patriarca con la divinidad, de la confianza que aún en el absurdo deben preservarlos. Es uno de los relatos fundacionales de nuestra cultura, y nadie que lo haya escuchado alguna vez, y más si lo ha hecho en su infancia (cuando él mismo pudo ser el conducido al tenebroso monte) podrá olvidarlo nunca. Es el momento del deber, de la angustia, de la apertura a lo más inexplicable y extremo. Para Kierkegaard (que escribió sobre este relato uno de sus libros más intensos —*Temor y temblor*—) la aceptación de Abraham equivale a una apuesta, la apuesta de la que nace su fe. Un salto en el absurdo, un ir más allá de lo que el hombre puede comprender, y que al enfrentarle a la angustia más radical abriría su corazón, paradójicamente, a la posibilidad de la gracia.

José Jiménez Lozano, que debe a esta tradición gran parte de su pensamiento, lo mejor de su obra, nos ofrece con *Sara de Ur*, su relato menos kierkegardiano. Narra esos hechos básicos, la visita al monte Moira, la destrucción de Sedom, los tratos de Abraham con el Shadday, pero sus palabras lejos de discurrir por esos grandes cauces que alimentan el lago de las Escrituras, descienden a ese lago como uno de esos hilillos de agua que corren delicadamente por los montes sin hacerse notar o definir ruta alguna. Así, por ejemplo, el Abraham bíblico, kierkegardiano, el Abraham abrumado por su diálogo con Dios, por las altas exigencias que se derivan de ese diálogo (el Abraham que no visita las ciudades, que duerme en la terraza abierto a la inmensa llamada de las estrellas) es un personaje secundario, y sus ideas acerca del destino del hombre, de su dependencia de la ley, de su sumisión al padre, no tienen más interés en la economía de este relato que lo habrían tenido las fantasías de un viejo achacoso. Porque lo que cuenta en este hermosísimo libro no es la angustia, la dificultad de ser (aunque también esté presente), sino la alegría y el misterio de vivir, la constante celebración de la belleza del mundo. Un mundo que es visto con una mirada encantada, y donde todo parece estar hecho al alcance de todos. Es el ámbito de lo femenino, de lo doméstico, entendido como ámbito de donación. *Sara de Ur* es un relato lleno de mujeres, niños y animales, donde se habla preferentemente de esta disponibilidad de las cosas y de los seres, de este intercambio constante entre unos y otros. Es el mundo primitivo de los mercaderes, opuesto a el de El Shadday. Un mundo ajeno al Espíritu, donde lo que prima es la complicidad, y la infinita posibilidad de los juegos del alma.

En uno de los capítulos del libro se nos cuenta el encuentro entre Sara y unos extraños. Éstos se inclinan al verla, y la preguntan si quiere comprar algo de lo que llevan consigo: vestidos de niño, sonajeros, escudillas y cuchillos de plata. «Y Sara —anota nuestro escriba— respiró enseguida, porque eso quería decir que ellos no eran mensajeros extraños de lo Alto, sino mercaderes, y tenían voces muy melosas como todos los cusitas». Esta oposición entre el mundo de los mercaderes y el de los mensajeros es, sin duda, uno de los temas básicos del libro. El mensajero es portador de una llamada que no cabe desatender, de extrañeza, es un personaje de la Ficción Suprema, y su irrupción es siempre presagio de deberes impostergables. El mensajero no anuncia nada, pero es portador del sentido, lo que hace a la vida pródiga y hermosa. Suyo es el arte de la combinatoria, de las afinidades y las disconformidades. Por eso su ámbito es el de la imaginación (donde los afines se atan con energía invencible, guiados fundamentalmente por el amor).

Kafka, que nunca pudo entender el interés de Kierkegaard por la conducta de Abraham (y al que siempre horrorizó la terrible historia de esta tentativa de sacrificio) escribió en uno de sus cuadernos una curiosa versión de los hechos. En ella Abraham recibe efectivamente el mismo mandato, lo recibe de El Shadday, su dios, y no se rebela contra él, pero se las arregla para que los preparativos que exige esta marcha se prolonguen infinitamente. «Y así —escribe Kafka— Abraham nunca llegó a salir». Provocar esta demora es estar en el ámbito de lo femenino (y no es arriesgado suponer que de haber recibido Sara un mandato semejante habría reaccionado de igual manera que el Abraham de Kafka, haciendo que ese tiempo de los preparativos se prolongara infinitamente). Ese tiempo de la espera, del mientras tanto, es el tiempo de la constitución de los poblados, de las cocciones de los alimentos, de la crianza de los niños (el mismo en definitiva que traspasa ese relato maravilloso que es *Un alma sencilla*, de Flaubert). Porque tanto Felicidad, su humilde protagonista como la Sara evocada por Jiménez Lozano, saben que la vida sólo puede darse en la postergación infinita de esa visita, la del mensajero que vendrá a poner las cosas en su sitio, reclamándolas para esos altos deberes. Ninguna de las dos hace del mundo un objeto de conocimiento, porque en el fondo ninguna de ellas piensa que la vida pueda ser comprendida. Pero mientras que el mundo de Felicidad es el mundo que sigue a la revelación, el mundo ya detenido fatalmente por el peso terrible de la responsabilidad; el de Sara es aún el que precede a ese instante, el del anuncio de la ley.

La dificultad del escriba para definir a Sara, no será diferente por eso a la del propio Abraham. No puede saberse quién es Sara, porque su reino no es el de la identidad. Ella pertenece a ese mundo anterior, un mundo caprichoso e imprevisible, cuya máxima aspiración es el contento. De ahí su temor a las intervenciones de El Shadday, a lo que pueda estarse tratando en esas conversaciones que Abraham mantiene con él. Y su rechazo de lo teológico, entendido como escrutación de ese designio externo, como organización jerárquica del mundo. Sara protesta cuando El Shadday interviene para casar a Isaac con Ribca, una aramea («cuándo dejará El Shadday de entrometerse»), y protesta ante la destrucción de Sedom (ciudad que ella no verá nunca con los ojos del legislador, sino con los de aquella que acude al mercado y se queda maravillada ante todos los puestos, en que se expone toda la variedad de la tierra: «quiere una rosa blanca, un pez rojo, un ábaco con plumas de pavo real»).

Porque lo que Sara reclama es la diversidad del mundo, adentrarse en la naturaleza como en una Casa Encantada. Es el reino de la espontaneidad, de la virtud natural, donde la escisión entre el sujeto y el objeto no se ha realizado aún. Por eso la realidad del mundo, ante los ojos de Sara, no es diferente de la de su propio corazón (como sucede en todas las criaturas inocentes). La abundancia de las metáforas referidas a la naturaleza nos lo confirma. Los pechos como dos manzanas, la respiración de Sara como un susurro de agua muy delgada. El cuerpo femenino confundiéndose con un jardín, con el propio mundo. Es la advertencia de Teraj, el padre de Sara, cuando Abraham va a pedírsela por esposa. «¿Entenderías el llanto de un niño, el malhumor de una esclavilla o la queja de madrugada de un cabritillo muy pequeño? (...) ¿Sabes tú lo que siente un pájaro del jardín de los Misrím? (...)». Nada está aislado. Cada cosa remite a otra, y el conocimiento de una sola criatura exige el conocimiento de cuanto acontece en el universo. El problema de Abraham no será diferente por eso al del escriba que nos entrega esta historia. Antes de ponerse a escribirla ha tenido que aprender todos los oficios pero también, como Teraj exige a Abraham, a distinguir el canto de las aves, el tiempo en que nacen las lluvias, o las distintas constelaciones en el cielo estrellado. Existe entre el hombre y el mundo una continuidad gozosa, y Sara es la garante de esa continuidad (lo que se hará patente con ese manzano que nace de su tumba, como si hubiera germinado de sus propios pechos olorosos).

Por eso su risa, el misterio de su risa. La risa relacionada con el acuerdo, que implica un saber distinto al de la razón. Un saber delicado, secreto, en contacto directo con ese fondo misterioso de lo humano. De nuevo esa idea, la de una donación inagotable. El mundo como un bosque, como los puertos, como las ciudades que crecían en las rutas de los comerciantes; pero también como un aposento, como la cámara más secreta, donde la intimidad es mayor.

Por eso ríe Sara. Sara ríe cuando el ángel la anuncia que va a concebir un niño, cuando Abraham le pregunta por sus amores con el faraón, en la noche de bodas, cuando finalmente nace Isaac, cuando se acuerda del elefante. La risa como una campanita, la que hay en las puertas e indica la llegada del visitante, la que subraya o anuncia algo. Una constatación, la de la realidad del mundo, la de la vida como un impulso afirmativo. La risa confundiéndose con el tintineo de las ajorcas, de los sonajeros. Surgiendo como una prolongación de los cuerpos, de los movimientos: las campanitas que se ponen a los animales, que los amantes se regalan entre sí para glorificar cada uno de sus gestos. La risa relacionada con esos sonidos elementales, el de las semillas golpeándose en el interior de la calabaza, el del agua corriendo, el de las bandadas de pájaros cuando emprenden el vuelo. Que revela ese vínculo con el mundo, un mundo que es siempre más amplio que la razón del hombre y que remite a la soñada pureza de los primeros tiempos. Que se confunde con ese país —el País de la Púrpura— que sólo puede revelar el juego amoroso, que contiene las verdaderas promesas de la vida. Esa es la lógica deliciosa del capricho en *Sara de Ur.* Prepararse para algo, no sabiendo para qué. El capricho como un intento de anticipar lo que todavía no existe. De ganar esa irrealidad. Como las palabras de los poetas (que siempre están de más).

La palabras de Pilot, el general de Abimeck, que hacen existir el elefante ante los ojos de Sara. El elefante atado a las palabras. Porque para el poeta, el amor a lo que no existe es la fuerza esencial de la vida. También para la caprichosa Sara. Los adornos, las joyas, las estatuillas, como las palabras de los poetas, harán del mundo esa estancia anhelada donde se armoniza lo poético y lo real. Esa es la estancia que finalmente Abraham manda disponer para acoger el cuerpo de Sara. «Una cámara de princesa donde ella tuviera agua en un cántaro, su arcón con telas de púrpura y carmesí, su vestido índigo intacto, sus collares, ajorcas y pulseras, y un espejo incorruptible para su belleza, donde la risa pudiera resonar para siempre».

A la adoración interior de un dios vivo, personal, le sucede en estos instantes la admiración de lo divino inmanente de la naturaleza. Es la enseñanza de Sara. Aproximando de esa suerte El Shadday al universo, el pensamiento de Abraham perderá, a través de su amor por Sara, el sentimiento de la diferencia entre el reino de la naturaleza y el de la gracia.

La roca del mundo

«El suyo era un don extraordinario para la esperanza, una romántica disponibilidad como nunca he hallado en otra persona y no es probable que vuelva a encontrar». Esta es la forma en que Nick Carraway, el narrador de *El gran Gatsby**, se refiere en el primero de sus capítulos a su melancólico protagonista, un nuevo rico cuyas ganancias durante el tiempo de la Prohibición corrompen un idealismo basado en los mitos americanos de la autosuficiencia y las oportunidades ilimitadas. La novela se publica en 1925 y, a pesar de su fracaso comercial, supone la consagración de Scott Fitzgerald como escritor. T.S. Eliot, Gertrude Stein, Robert Wilson, se rinden sin condiciones ante esta obra que desde entonces no ha hecho sino fascinar a generaciones de lectores, y que puede sin duda considerarse como uno de los grandes libros de este siglo.

Y, sin embargo, Scott Fitzgerald ya está sumergido mientras la escribe en la espiral autodestructiva que acabaría con él. Se exhibe sin reserva ante la sociedad de los hoteles de Europa y América; su relación con Zelda,

* Los fragmentos de *El gran Gatsby*, se citan en la traducción de José Luis López Muñoz; los de *Absolución*, en la de Justo Navarro.

una mujer atractiva, inteligente y desequilibrada que terminará internada en un manicomio, se resquebraja; y el mundo de fiestas, flirteos, esteticismo, alcohol y ansiedad económica, comienza a minar su salud, y a poner seriamente en peligro su capacidad creadora. Fue el mejor cronista de una generación que, como él mismo escribe, «llega para encontrar a todos los dioses muertos, todas las guerras acabadas, toda fe en el hombre puesta en duda». Definió la Edad del Jazz, la prosperidad efecto de la Primera Guerra Mundial y diagnosticó con amargura su inevitable fracaso, pues la nueva clase que surgiría con el enriquecimiento, terminaría por traicionar todos los ideales de alegre y generosa jovialidad por su materialismo y su ignorancia.

Esta novela contiene el retrato implacable de esa nueva clase. Jay Gatsby, su protagonista, es el prototipo de la persona de clase baja, inmoral e imprudente, que quiere triunfar a toda costa y que finalmente será destruida por el poder mayor de aquellos a los que trata de imitar, cuya inmoralidad es superior a la suya. Y sin embargo, Nick, narrador de esta historia, dotado de una indiscutible perspicacia para percibir la falsedad y dureza del sistema clasista americano, no puede dejar de rendirse hacia su indiscutible encanto. Su aura romántica le transforma en lo contrario de los verdaderos ricos, una clase alta casi desde su origen, sin moral, que carece de posibilidades redentoras. Gatsby no pertenece a esa clase, o no al menos enteramente. De hecho su deseo de riqueza no tiene otra causa que conseguir el amor de una muchacha. Keats y el romanticismo le han enseñado a Fitzgerald que la verdad era belleza, pero también que la vida debe vivirse al instante, porque nada mortal, y especialmente la belleza y la juventud, puede ser duradero. El creador sería aquel que trabaja para los demás, de modo que puedan aprovechar la luz y el brillo del mundo. Y Gatsby cumple exactamente esa función, la de situarse en ese centro y devolvernos en forma de sueño lo que antes tomó, con precipitación y avaricia. Y ese es su inequívoco encanto. Su reino es, por eso, el del enamorado del sombrero de oro que aparece en la cita con que se abre el libro. «Ponte el sombrero dorado, si eso ha de conmoverla; si eres capaz de saltar muy alto, hazlo también por ella, hasta que exclame: ¡Enamorado saltarín, enamorado del sombrero de oro, tendrás que ser mío!»

Para el bailarín enamorado se trata de una búsqueda doble: lograr el objeto de su visión, y recobrar esa visión en su forma eterna y divina. Es decir, el viejo sueño de los alquimistas de transmutar la materia en oro. Y el oro es, claro, símbolo del poder y del dinero pero sobre todo de esa eternidad y esa plenitud. O dicho de otra forma, el oro de las cuentas bancarias se transmuta gracias a esa presión de los sueños en el oro mágico de los cuentos. «Mi prima tiene una voz indiscreta —hice notar. (...) Una voz llena de dinero —dijo Gatsby de repente. Así era. No lo había entendido hasta entonces. Estaba llena de dinero: ése era el encanto inagotable que subía y bajaba de su voz, su tintineo como de campanillas, la melodías de címbalos que había en ella... En lo alto del blanco palacio la hija del rey, la muchacha de oro...». La muchacha de oro es, claro, la chica rica, descarada, aútonoma e insaciable de tantos relatos de Scott Fitzgerald, una de esas criaturas desconsideradas capaces de hacer añicos cuanto se pone a su alcance y de «volver enseguida a su dinero y a su desconsideración dejando que otros se encarguen de limpiar lo que ellas han ensuciado», pero capaz también de revelarnos, gracias a su rara facilidad para confundir realidad y ficción, que «la roca del mundo está sólidamente asentada sobre las alas de un hada».

Y entonces entenderemos la maravillosa cualidad de esta novela, y la fascinación eterna que ha ejercido y seguirá ejerciendo sobre sus lectores, que no es otra que su cualidad de cuento de hadas. Una cualidad que, por ejemplo, se hace patente en el tratamiento que recibe en ella la luz, el color y la naturaleza. Nick viene del oeste y, en las primeras páginas de la novela, contempla la llegada del verano en Nueva York con los ojos de quien se asoma al paisaje de la frontera. Cualquier cosa puede entonces suceder, ovejas paseándose por la quinta avenida, grandes explosiones de hojas brotando de los árboles como brotan las cosas de las películas aceleradas, incluso una luna prematura saliendo, como la cena, de la cesta de los proveedores de las fiestas de Gatsby. Esto último es un efecto, claro, del dinero, de las posibilidades mágicas de la riqueza, pero también del aura misteriosa que rodea a Gatsby y a su espera en la noche. Nick se da cuenta de que Gatsby sólo trata de hacer retroceder el tiempo hacía un nuevo comienzo, ese punto dejado atrás hace cinco años en que él y Daisy hicieron su paseo encantado, y vio que las baldosas de las aceras formaban en realidad una escalera y subían hasta un lugar secreto por encima de los árboles, donde podría beber la incomparable leche de lo maravilloso. Pero también aprende una cosa, que no se puede regresar al pasado.

Por eso toma partido por él. La corrupción de los medios utilizados para alcanzar sus fines no ha alterado la intregridad congénita de su alma. Dichos medios formaban parte de la corrupción de la época y eran los únicos que poseía un chico sin fortuna para realizar sus sueños. La verdadera corrupción, la del corazón, la descubre Nick, precisamente, en aquellos que desprecian a Gatsby y, sobre todo, en Tom, su rival en el amor.

Y toma partido por él porque Gatsby, vive en el tiempo sagrado de la creación, y su sacrificio no es inútil, porque gracias a él y a los que son como él descubrimos, como le sucede al protagonista de *Absolución*, uno de los cuentos que Scott Fitzgerald escribe poco antes de meterse de lleno en la redacción de *El gran Gatsby*, «que en alguna parte existe algo inefablemente maravilloso que no tiene que ver con Dios» (y aquí, en vez de Dios, podríamos escribir Poder o Dinero; es decir, «la roca del mundo»). «Al otro lado de la ventana —se lee en el último párrafo de este cuento—, el siroco temblaba sobre el trigo, y chicas rubias paseaban sensualmente por los caminos que unían los campos, gritándoles frases inocentes y excitantes a los muchachos que trabajaban en los trigales. Bajo los vestidos de algodón se adivinaban la forma de las piernas, y el borde de los escotes estaba tibio y húmedo. Hacía ya cinco horas que la vida fértil y caliente ardía en la tarde. Dentro de tres horas sería de noche, y en toda la región aquellas rubias nórdicas y aquellos altos muchachos de las granjas se tenderían junto al trigo bajo la luna».

Y esa es la virtud de esta novela incomparable, una de las más hermosas que se han escrito jamás. La de hacernos sentir que también nosotros, gracias al poder de los sueños, podemos estar con esos muchachos y muchachas de las granjas en el mejor de los sitios y tendernos junto al trigo, bajo la luna.

Este libro se terminó de imprimir
en los talleres gráficos de Anzos, S. L.
(Fuenlabrada, Madrid), el mes de septiembre de 2001